Tempête amoureuse

Barbara Cartland est une romancière anglaise dont la réputation n'est plus à faire.

Ses romans variés et passionnants mêlent avec bonheur aventures et amour.

Barbara Cartland fête actuellement son 200e livre publié en français.

Vous retrouverez tous les titres disponibles dans le catalogue que vous remettra gratuitement votre libraire.

Barbara Cartland

Tempête amoureuse

traduit de l'anglais par Gabriel POSPISIL

Éditions J'ai lu

Ce roman a paru sous le titre original :

THE STORMS OF LOVE

NOTE DE L'AUTEUR

En 1873, le vice-roi des Indes, Lord Northbrook, appuyé par le gouvernement Gladstone, commit une grave erreur diplomatique. Celle-ci permit aux Russes de s'infiltrer en Afghanistan.

L'Afghanistan, pays musulman indépendant, montagneux et sauvage, au nord des Indes, était gouverné par l'Amir Sher Ali. La lutte pour le pouvoir avait été sanglante.

Sher Ali n'avait aucun désir d'être soumis à qui que ce soit. Et en particulier aux Anglais ou aux Russes qui avaient des vues sur son vaste pays. Mais, les premiers s'étant rapprochés dangereusement de ses frontières septentrionales, il se vit contraint de parlementer.

Il craignait davantage les Russes et envoya donc un messager spécial à Lord Northbrook, proposant un traité entre leurs deux nations. En échange de son allégeance, Lord Northbrook devrait lui garantir des subsides annuels et reconnaîtrait son plus jeune fils, Abdulla Jan, comme héritier légal.

Lord Northbrook, homme sec, fade et sans imagination, plus intéressé par les statistiques que par les hommes, recevait ses consignes du Premier ministre Gladstone. Celui-ci lui ordonna non seulement de refuser le traité mais d'admonester Sher Ali pour avoir fait emprisonner son fils aîné et rebelle, Yakah Khan.

Offensé et furieux, Sher Ali se tourna vers la Russie. C'est ainsi que débuta le conflit interminable qui devait opposer ensuite l'Angleterre et l'Afghanistan.

Lord Northbrook démissionna de la charge de vice-roi des Indes en 1875. Il fut remplacé par Lord Lytton, homme sans ambition, fantaisiste et rêveur. Celui-ci fut confronté à une série d'épreuves, dont la plus dure fut la deuxième guerre afghane. Les massacres furent terribles et les désastres financiers inévitables.

Mais Lord Lytton se racheta ensuite en s'occupant au mieux du grave problème de la famine aux Indes et en renforçant la politique afghane de Disraeli. Au travers de toutes les difficultés, il ne perdit jamais le soutien et la sympathie de la reine Victoria.

1

1875

Tout en se dirigeant vers le champ de courses de Goodwood, le duc de Wydeminster pensait avec satisfaction à son écurie, la plus remarquable qu'il ait jamais possédée.

Une fois de plus, il se félicita d'avoir acheté ces chevaux, quelques années auparavant, à une vente organisée par un de ses amis. Lui seul, en effet, avait été capable de déceler en eux la classe des gagnants. Et il ne s'était pas trompé. A présent, sa prestigieuse écurie faisait l'envie de tous.

Il eut un petit sourire en songeant aux félicitations qu'il recevrait à Goodwood, de la part du duc de Richmond, bien sûr, mais aussi de celle des grands propriétaires qui s'y trouveraient certainement.

Goodwood était le champ de courses le plus beau d'Angleterre et aussi le plus agréable. Dominant la vaste et riche plaine du littoral d'où l'on pouvait voir la Manche, l'île de Wight et la cathédrale de Chichester, il était unique avec sa vue magnifique sur les Downs.

C'était aussi, au grand plaisir du duc, un endroit chargé d'histoire et de romantisme, le premier duc de Richmond ayant été le fils de Charles II et de la « Belle Damoiselle de France », Louise de Kéroualle.

Contrairement à d'autres maîtresses du roi, généralement de basse extraction, Louise, une Bretonne, était la fille d'un gentilhomme français et dame de compagnie de la sœur préférée de Charles, la duchesse d'Orléans.

L'amour de Charles pour Louise était unique et, en 1673, il l'avait faite duchesse de Portsmouth.

Depuis lors et jusqu'à la fin du règne de Charles, douze ans plus tard, elle avait exercé une influence certaine sur lui et sans aucun doute sur les relations de la nation avec la France. Le fils qu'elle eut du roi reçut, à l'âge de trois ans, les titres de duc de Richmond, comte des Marches et baron Settrington.

Mais le duc de Wydeminster se plaisait surtout à imaginer la vie de Charles II auquel il s'identifiait aisément.

Charles II avait excellé dans tous les sports, comme lui. Le développement et la conduite prudente de la nation lui avaient tenu à cœur, tout comme lui-même se souciait de la gestion de ses vastes domaines.

De plus, ils se rejoignaient dans leur goût pour la beauté féminine, même si leurs aventures, hélas, n'étaient qu'éphémères.

« Les femmes rendent la vie bien agréable »,

pensa le duc, se réjouissant à présent à l'idée de retrouver la Beauté qui l'attendait au château de Berkhampton.

Rompant avec ses habitudes il ne logerait pas cette fois chez le duc. Il avait, bien entendu, reçu une invitation de Sa Grâce. Mais il avait aussi reçu un mot pressant de la marquise de Berkhampton, le suppliant de l'honorer de sa présence. Il avait été sur le point de refuser mais avait compris à temps que Lady Newbury serait aussi parmi les invités de la marquise.

Fenella Newbury avait attiré son regard, une première fois, au cours d'un bal. Touché par son charme exceptionnel, il ne lui avait cependant pas accordé une attention plus soutenue, Lord Newbury ne faisant pas partie du cercle de ses amis intimes.

La seconde fois qu'il la vit, assise à côté de lui, lors d'un dîner donné par un des ambassadeurs à la Cour de St. James, il la trouva plus ravissante que dans son souvenir. Et il ne manqua pas de remarquer, quand leurs regards se croisèrent, qu'il ne lui était pas indifférent. Les yeux de Lady Newbury trahissaient un émoi qu'il ne reconnaissait que trop.

En effet, le duc était tout à fait conscient du charme qu'il exerçait sur la plupart des femmes. Il possédait une sorte de magnétisme inexplicable qui les attirait inexorablement. Et ce magnétisme, qu'il considérait comme un don des dieux, avait transformé sa vie en un lit parfumé de pétales de roses.

D'un tel pouvoir d'attraction découlaient des avantages, mais aussi des inconvénients. Le duc s'en rendait parfaitement compte. Aucune femme ne restait longtemps dans sa vie et, invariablement, c'était lui qui se lassait le premier. Et à chaque rupture, à chaque larme versée par une femme délaissée, il se posait la même question : d'où lui venait donc ce pouvoir si merveilleux et si destructeur ? Pourquoi toutes ces femmes étaient-elles prêtes, par amour pour lui, à perdre leur âme ?

Pourtant, le duc n'était pas cruel, bien au contraire. Il connaissait la compassion, sa générosité était bien connue et on l'acclamait sur tous les champs de courses, non seulement parce que ses chevaux gagnaient — les Anglais ont toujours aimé les amateurs de sport — mais aussi à cause de ses nombreux actes de bonté.

Mais avec les femmes c'était une tout autre histoire. Sans le vouloir, il les laissait en larmes, le cœur brisé, et s'entendait traiter de monstre. Ce qui commençait comme une *affaire de cœur* légère et amusante entre deux personnes sophistiquées et pleines d'expérience se transformait inévitablement en champ de bataille, avec toujours une même victime meurtrie, horriblement déçue : la femme. Et toujours un seul vainqueur : le duc.

— C'est ridicule ! Pourquoi ne puis-je me séparer de mes maîtresses sans avoir à subir ces horribles scènes ? avait-il dit un jour à son secrétaire personnel, M. Greyshot, qui tenait sa maison et connaissait tous les détails de sa vie privée.

Il faisait alors allusion à sa liaison avec une jolie ballerine qu'il avait installée dans une maison à St. John's Wood et avec qui il venait de rompre.

Selon les règles établies, lorsqu'un homme quittait sa protégée et payait largement pour le plaisir éprouvé, il ne devait pas y avoir de larmes ni de récriminations. La jeune femme repartait, bien plus riche qu'auparavant, avec, généralement, quelques trophées de valeur dont elle pouvait s'enorgueillir. Mais lorsqu'il s'agissait du duc, les bras s'agrippaient, les yeux versaient des larmes brûlantes et les voix le suppliaient de rester en lui demandant inutilement pardon.

— De toute façon, avait-il ajouté en soupirant, une femme sans éducation, quels que soient ses mérites ou sa beauté, ne peut m'intéresser bien longtemps.

C'était logique. Un homme de sa condition ne pouvait se contenter d'une simple ballerine. Mais qu'en était-il alors des dames du monde, qu'il séduisait et abandonnait tout aussi bien ?

Celles-ci possédaient pourtant une excellente éducation, faisaient preuve de beaucoup d'esprit, se mêlaient même de politique... Mais elles avaient toutes le même défaut : invariablement, elles se lançaient dans de grands discours passionnés sur leur relation, l'amour qu'ils éprouvaient l'un pour l'autre, etc. Et face à ces discours, le duc n'avait qu'une envie : fuir.

M. Greyshot, pour une fois, s'était permis d'émettre une opinion :

— Je crois, Votre Grâce, que le problème vient de ce que vous êtes trop gâté.

— Gâté ? rétorqua le duc d'un ton cinglant.

— Ma mère me disait de compter mes bénédictions, lorsque j'étais enfant, expliqua M. Greyshot et, lorsque je compte les vôtres, ce qu'il m'arrive souvent d'avoir à faire, j'obtiens une longue liste, très satisfaisante.

Le duc sourit.

— Je vous l'accorde, Greyshot, et je suis reconnaissant au Tout-Puissant de m'avoir offert un tel destin. Ma fortune est considérable et je suis conscient de ma chance. Mais cela ne résout pas, hélas, mon problème avec les femmes.

— Oui. Votre Grâce a des attraits irrésistibles auxquels le sexe faible a du mal à renoncer. Vous aimer équivaut à souffrir.

— Je ne le sais que trop, murmura le duc.

— Un autre adage s'applique à votre cas, poursuivit M. Greyshot. Rien n'est gratuit et il faut toujours payer le prix de ce qui nous échoit.

— J'ai toujours payé mes dettes, rétorqua le duc sèchement.

— Je ne parlais pas d'argent, Votre Grâce.

— Pourtant, l'argent a le pouvoir de panser bien des blessures.

— Mais dans le cas de vos maîtresses, il n'en a aucun, Votre Grâce.

Pendant quelques instants, le duc avait foudroyé son secrétaire du regard puis avait éclaté de rire.

— Entendu, Greyshot. Vous gagnez. Mais ce que vous dites a de quoi me rendre très vaniteux.

Au souvenir de cette conversation, le duc songea qu'il avait en effet des raisons de s'enorgueillir. D'ailleurs, d'ici la fin des courses de Goodwood, il lui faudrait ajouter Fenella Newbury à sa longue liste de conquêtes.

A cette pensée, le duc sentit les battements de son cœur s'accélérer. Lady Newbury était vraiment ravissante, et ce serait un réel plaisir de la séduire. Quoi de plus agréable, en effet, que le jeu de la séduction ? Un jeu excitant, raffiné, réservé aux fins esprits. Il comparait cette sensation à celles qu'il éprouvait lors de ses parties de chasse. Traquer un gibier, le suivre prudemment, patiemment et, enfin, épauler le fusil et tirer. C'était pour lui une source de joie inestimable, irremplaçable. La chasse, tout comme la conquête d'une femme, lui procurait une satisfaction qui l'emplissait d'orgueil, le laissait fourbu mais au comble du bonheur.

« Ma vie est celle d'un être exceptionnel, se rengorgea-t-il tout en poursuivant son chemin. Comme celle de Charles II. Des êtres tels que nous contribuent à rendre le monde plus agréable. »

Il sourit à cette idée et se demanda si Fenella Newbury attendait son arrivée avec impatience. Se trouvait-elle dans le même état d'esprit que lui ?

Il songea que la marquise de Berkhampton était une femme très avisée : avoir utilisé Fenella comme appât pour le décider à accepter son invitation était fort habile de sa part.

Le West Sussex comptait de nombreuses nobles demeures et leurs propriétaires se livraient une compétition sans merci pour accueillir les membres les plus importants et les plus demandés de la haute société durant la Semaine de Goodwood. West Dean, Stansted, Uppark, Cowdray, Petworth et Arundel recevaient dans le faste des invités aux noms prestigieux. Ceux-ci convergeaient vers Goodwood avec leurs valets, leurs servantes, en voiture, en phaéton, en victoria et en brougham, sans parler des palefreniers et des chevaux qui emplissaient les écuries jusqu'à saturation.

La plupart de ces hôtes distingués possédaient des chevaux mais aucun d'eux ne pouvait se vanter d'avoir une meilleure écurie que le duc de Wydeminster.

Le duc songea avec satisfaction qu'il remporterait une fois de plus au moins trois ou quatre des trophées les plus convoités. Seul le duc de Richmond serait un rival sérieux. Grand connaisseur de chevaux, il avait lui-même, alors qu'il était comte des Marches, monté cinq gagnants aux courses de Goodwood en 1842.

« Il sera peut-être offensé que je ne sois pas son hôte, se dit le duc. Mais il comprendra tout lorsqu'il me verra avec Fenella. »

Il savait que nul n'était dupe et que sa réputation n'était plus à faire en ce qui concernait ses exploits amoureux. Il avait parfois l'impression que l'on savait qui il courtisait avant même qu'il ne le sache lui-même. Dans le monde, surtout dans le grand monde, tout se sait très vite.

« La rançon de la gloire et du célibat... » songea-t-il en souriant.

Du moins n'avait-il pas à se soucier d'une épouse jalouse ou, ce qui aurait été plus ennuyeux, de « sauvegarder les apparences » en public.

Il prévoyait qu'il n'aurait aucune difficulté avec Lord Newbury, contrairement à certains maris aux tendances agressives. Il avait déjà dû livrer trois duels et, comble de l'ironie du sort, en était sorti chaque fois vainqueur.

— S'il y avait une justice en ce monde, avait-il dit à M. Greyshot, je devrais avoir le bras en écharpe aujourd'hui. Et ce pauvre Underwood devrait être sain et sauf, car il avait toutes les raisons de se plaindre de ma conduite.

M. Greyshot avait ri.

— Lord Underwood a fait preuve de courage ! Les gentlemen apprennent à fermer les yeux lorsque Votre Grâce se trouve dans les parages : ils ont trop peur d'être ridiculisés !

Le duc, lui, avait pitié de ces maris bafoués. Et il se promit, si jamais il se mariait, de ne pas se trouver dans la position d'un mari cocu. Ce ne serait pourtant que justice, mais il pressentait que ce genre d'infortune ne lui arriverait pas.

Il approchait maintenant de Goodwood. Le paysage était magnifique, grandiose. Le duc de Richmond pouvait être fier de posséder des terres dans cette contrée si riche de l'Angleterre. Le duc se surprit même à l'envier, l'espace d'une seconde.

Mais il se ressaisit bien vite : il n'avait rien à envier à personne. La magnificence de Wyde, son domaine familial du Buckinghamshire, était inégalable. Son château bénéficiait d'une vue remarquable sur les bois qui l'entouraient. Tel un bijou dans son écrin de verdure, il provoquait l'admiration de tous.

Cela lui remit en mémoire la réception qu'il y avait donnée, une semaine auparavant, et où sa grand-mère avait tenu le rôle d'hôtesse. Autrefois d'une grande beauté, elle n'avait rien perdu de sa prestance malgré son grand âge. Mais elle avait le défaut de ne pas savoir tenir sa langue. Elle avait ainsi souvent exprimé ses opinions avec une franchise qui en avait choqué plus d'un.

Ce jour-là, elle s'en était pris à son petit-fils pour l'informer froidement qu'il serait temps pour lui de s'assagir et de prendre femme.

— Inutile d'insister, grand-mère, avait rétorqué le duc. Je n'ai aucune intention de me marier avant d'avoir suffisamment profité de la vie. C'est-à-dire, j'en ai peur, avant longtemps.

— Et la nécessité d'avoir un héritier, y avez-vous songé ?

— Bien entendu. Et je ferai en sorte, contrairement à mon père, d'avoir plusieurs fils.

Cette réponse était peu charitable pour son père, il le savait. Mais il ne se sentait pas d'humeur conciliante. Pour tout dire, il ne supportait pas les leçons de morale et l'agacement le gagnait.

— Alors je vous conseille de vous y mettre tout de suite, avait répliqué la douairière sans se démonter.

— Je comprends vos sentiments, grand-mère, mais les miens me préoccupent encore plus.

— Une épouse ne serait certainement pas un handicap pour vous, avait-elle insisté, songeuse. La pauvre chose tomberait follement amoureuse de vous, comme toutes ces autres femmes stupides, et, pourvu que vous restiez avec elle, elle vous permettrait d'agir à votre guise.

— Vous avez une bien piètre opinion de moi, grand-mère.

— Oh, je vous connais bien. Je sais que vous êtes fier de vous et de vos multiples conquêtes. Peu m'importe. Mais je veux tenir votre fils dans mes bras avant de mourir.

— J'ai donc un sursis d'au moins vingt ans. Notre famille est connue pour sa longévité.

— Vos flatteries ne m'empêcheront pas de vous dire que vous gaspillez votre temps, votre énergie et votre cervelle, avait répliqué fermement la duchesse.

— C'est une question de point de vue. Mon temps m'appartient ainsi que mon énergie. Quant à ma cervelle, je consacre pas mal de son activité aux propositions de lois qui viennent devant la Chambre des Lords et, bien que vous puissiez en douter, le Premier ministre me consulte souvent.

— Je l'espère bien ! s'était exclamé la duchesse. Mais tout ceci n'est pas incompatible avec ce qui devrait être votre principale préoccupation : fonder une famille et penser à l'avenir.

Le duc avait souri devant l'entêtement de sa grand-mère.

— C'est promis, grand-mère. Lorsque je rencontrerai une jeune femme assez honorable pour tenir le rôle que vous tenez à Wyde, je l'épouserai.

— Mais comment pourriez-vous la rencontrer si vous vous refusez à faire la connaissance de jeunes filles ? J'allais justement vous suggérer d'inviter à notre prochaine réception quelques jeunes...

Le duc l'avait interrompue en poussant un cri d'horreur.

— Je n'ai jamais entendu de suggestion plus monstrueuse ! Si vous osez convier ici une seule jeune fille en fleur, je partirai immédiatement et vous laisserai en tête à tête avec elle.

Sa grand-mère avait levé la main d'un geste impuissant.

— Très bien, Ingram. Faites comme vous voulez. Mais sachez que vous trahissez toute la famille en refusant la responsabilité de votre naissance.

— Balivernes, avait lancé le duc d'un ton léger avant de déposer un baiser sur sa joue.

Après son départ, la duchesse était restée assise, perdue dans ses pensées. Elle désespérait de jamais pouvoir convaincre son garnement de petit-fils. Aurait-elle un jour le bonheur de le voir prendre femme ?

Rien n'était moins sûr. Car le duc, comme il le lui avait affirmé, n'avait aucune intention de se marier. Pourquoi s'encombrerait-il d'une épouse qui deviendrait sûrement insupportable et dont il ne pourrait pas se défaire ?

Il imaginait l'horreur d'entendre les mêmes remarques banales du matin au soir, et pendant des années ! Et combien ce serait frustrant d'avoir à cacher ses aventures sentimentales bien plus soigneusement qu'il n'avait à le faire à présent !

Le mariage mettrait fin aussi aux soirées très agréables qu'il organisait à Wyde et auxquelles sa grand-mère n'était pas conviée. Il devrait même renoncer aux réceptions qu'il donnait à Londres et que ses amis le pressaient toujours de renouveler. Non, une épouse serait un lourd fardeau, une sorte de punition éternelle, qu'il se refusait à s'infliger.

Le duc songea à nouveau à Fenella et au regard plein de promesses qu'elle lui adresserait certainement dès qu'elle le verrait, au château de Berkhampton. Il était aussi prêt à parier que Lord Newbury, qui était bien plus âgé que sa femme et ne s'intéressait pas vraiment aux courses, serait absent. Lord Newbury était surtout amateur de chasse. Le duc s'était d'ailleurs promis de l'inviter aux chasses de Wyde, accompagné, bien entendu, de sa ravissante femme.

Il ne serait peut-être pas très facile de la voir seule, dans ces circonstances. Mais le duc était expert dans l'art de passer outre à ce genre de difficultés. Il trouverait bien une excuse afin d'emmener Fenella visiter seule avec lui la galerie de peintures ou, si le temps s'y prêtait, de l'entraîner admirer la vue que l'on avait depuis le toit.

Mieux encore, il saisirait le moment opportun pour lui rendre visite, dans son boudoir, pendant que les hommes jouaient aux cartes ou au billard avant le dîner.

Puis, après la chasse au tir, il y aurait le bal des veneurs, pensa le duc. Mais d'ici là...

Il eut soudain la sensation désagréable que d'ici là, justement, Fenella serait peut-être remplacée par quelqu'un d'autre...

Il n'était pas encore cinq heures lorsque le duc fit franchir à son attelage les grilles impressionnantes du château de Berkhampton.

Le troisième marquis de Berkhampton était mort quelques années auparavant et, le présent marquis se trouvant encore à Eton, il y avait peu de chances pour qu'il soit leur hôte durant les courses.

Mais la marquise, le duc le savait pour avoir été reçu fréquemment chez elle à Londres, était une parfaite hôtesse.

Immensément riches, les Berkhampton recevaient avec faste et, avant la mort du Prince Consort en 1861, la Reine avait été une amie intime de la marquise et lui rendait souvent visite.

La marquise était en fait non seulement dame d'honneur héréditaire de la Reine mais aussi une habituée de la Cour, admirée et respectée des courtisans, des ambassadeurs et des représentants des pays étrangers qui se rendaient en Angleterre.

D'ailleurs, le bruit courait qu'on leur conseillait toujours de se rendre agréables à la Reine, mais d'entretenir les meilleures relations avec la marquise de Berkhampton, quoi qu'il arrive.

La marquise était une femme spirituelle, pleine de joie de vivre, et on ne s'ennuyait pas en sa compagnie. Le duc se félicita une fois de plus d'avoir accepté son invitation : ce séjour serait sans aucun doute très agréable... à plus d'un titre.

Une allée d'un kilomètre et demi, bordée de chênes séculaires, conduisait au château. Les chevaux la parcouraient à bonne allure lorsque le duc vit soudain quelqu'un au milieu du chemin. C'était une jeune femme. Il s'attendait à ce qu'elle s'écarte, mais il aperçut un tas de branchages qui obstruaient le passage.

Il arrêta ses chevaux et attendit que la jeune femme vienne lui expliquer la raison de ce barrage. Mais celle-ci ne bougea pas. Après quelques instants, le duc se tourna vers le valet assis à ses côtés.

— Allez voir ce qui se passe, Jim, et déblayez le chemin.

Le valet hésita un instant avant d'objecter:

— Je crois, Votre Grâce, que c'est une jeune dame qui se tient là-bas.

Le duc regarda plus attentivement et vit que son valet avait raison. Il ne s'agissait pas d'une jeune villageoise, comme il l'avait supposé, mais bien d'une jeune fille du monde. Ses vêtements en témoignaient.

L'inconnue ne faisait toujours pas le moindre geste pour s'écarter et le duc, jugeant qu'il ne serait pas digne de crier, tendit les guides à son valet, descendit du phaéton et se dirigea vers elle.

Tout en s'avançant, il se demanda si l'un des membres turbulents de la maisonnée ne lui jouait pas quelque tour. Puis, s'étant approché suffisamment, il eut la surprise de voir qu'il avait affaire à une toute jeune fille... qui lui faisait une grimace horrible, la plus horrible qu'il ait jamais vue.

Elle louchait et, de ses deux mains, tirait sur les coins de sa bouche, l'étirant presque d'une oreille à l'autre, comme un clown ridicule. Il s'arrêta et la dévisagea mais ne put discerner si elle le regardait ou pas.

— Que signifie cette mascarade ? demanda-t-il. Allez-vous vous décider à me laisser passer ?

La jeune fille bougea la tête en signe de dénégation puis déclara, sans abandonner sa grimace :

— Regardez-moi. Je veux que vous me regardiez.

— C'est ce que je fais, mais ce n'est pas un spectacle agréable.

— Parfait.

Elle retira enfin les doigts de sa bouche et cessa de loucher, puis le regarda en face.

— Vous avez vu à quel point j'étais laide ?

— Evidemment ! Et si c'est une plaisanterie, je ne la trouve pas drôle.

— Mon intention n'était pas d'être drôle. Je voulais vous dégoûter par la vue de ce spectacle horrible.

— Eh bien, c'est réussi, dit le duc, qui était certain à présent d'avoir affaire à une folle. Maintenant que vous avez obtenu ce que vous vouliez, vous permettrez peut-être à mon valet de déblayer le chemin ?

Tout en parlant il regarda ce qui, de loin, ressemblait à une véritable barricade et qui n'était en fait qu'un amas de branchages légers.

— Il peut le faire, répondit la jeune fille, mais auparavant, je veux vous parler.

— De quoi ? demanda le duc sur un ton légèrement hostile.

— Cela ne sera pas long, et si vous voulez venir un peu plus loin pour que votre valet ne nous entende pas, nous trouverons un tronc d'arbre sur lequel nous asseoir.

Le duc était surpris, mais il lui parut difficile de refuser froidement ce que lui demandait la jeune fille. De toute façon, il ne pouvait poursuivre sa route avant que l'allée ne soit déblayée. Il la soupçonnait d'ailleurs d'avoir placé elle-même les branchages qui bloquaient le passage. Après un moment d'hésitation, il acquiesça.

— Je n'ai aucune idée de ce que vous attendez de moi, mais, si cela peut vous faire plaisir, je vous écoute...

Elle ne lui laissa pas le temps de finir sa phrase et, traversant la clairière, se dirigea vers un endroit où le duc aperçut le tronc d'un arbre abattu. Il se demandait ce qu'elle pouvait bien avoir à lui dire et espérait que ce ne serait pas long. A présent qu'il était arrivé au château de Berkhampton, il avait hâte d'y entrer. De plus, il avait besoin de se désaltérer après cette longue route : il n'avait pas plu depuis longtemps et les chemins étaient très poussiéreux.

La jeune fille avait maintenant atteint le tronc d'arbre et s'était assise. Le duc s'aperçut alors qu'il l'avait prise pour une employée du domaine parce qu'elle ne portait pas de bonnet.

Elle était nu-tête et le soleil qui filtrait à travers les branches faisait un casque d'or de sa chevelure. A présent, le duc se demandait comment elle avait pu déformer son visage au point de paraître aussi laide que tout à l'heure. Il voyait maintenant qu'elle avait des traits délicats et que, sans être d'une beauté parfaite, elle possédait un charme insolite. Ses yeux gris semblaient immenses dans son visage menu et ses cils sombres et épais contrastaient avec l'or de ses cheveux.

Elle le regardait avec une certaine appréhension. Il s'assit avec précaution, en espérant que l'écorce n'abîmerait pas son pantalon impeccablement ajusté, puis il se tourna vers elle :

— Qu'avez-vous à me dire ? Si vous êtes une invitée de la marquise, vous auriez sûrement pu attendre mon arrivée au château ?

— Non, répliqua la jeune fille, là-bas nous n'aurons pas l'occasion d'être seuls et il fallait absolument que je vous parle.

— Très bien, répondit le duc. Je vous écoute. Mais, puisque de toute évidence vous savez qui je suis, peut-être pourriez-vous commencer par me dire votre nom ?

— Je suis Aldora Hampton.

Le duc la regarda d'un air surpris.

— Vous êtes une des filles de la marquise ?

— La plus jeune, et la seule qui ne soit pas *mariée*. (Elle avait accentué le dernier mot et voyant que le duc l'examinait d'un air intrigué, elle poursuivit rapidement :) Écoutez, nous n'avons pas beaucoup de temps. Maman a décidé que vous m'épouseriez, et si vous avez un sou de bon sens, vous allez faire demi-tour et repartir immédiatement.

Le duc resta sans voix un moment, puis, se ressaisissant, il eut un sourire ironique :

— Je vous assure, Lady Aldora, que vous n'avez pas à vous inquiéter ! Je n'ai pas la moindre intention d'épouser qui que ce soit.

— Et moi je n'ai pas la moindre envie de me marier avec vous ! répliqua Lady Aldora. Mais c'est ce qu'a décidé Maman et elle obtient toujours ce qu'elle veut.

— Dans ce cas, elle risque d'être déçue ! répondit le duc. Mais je suis sûr que vous vous trompez. Il est impossible que votre mère ait un tel projet !

Tout en parlant, il songeait que si la marquise l'avait effectivement considéré comme un mari possible pour sa fille cadette, elle n'aurait jamais invité Fenella Newbury en même temps que lui.

— Vous ne comprenez pas, poursuivit Aldora, et cela n'a rien d'étonnant : vous ne connaissez pas Maman comme je la connais ! Mais croyez-moi, votre liberté est menacée.

Elle marqua une pause, puis reprit sur un ton agressif :

— Si vous m'épousez, je prendrai l'aspect que j'avais tout à l'heure et vous n'aurez pas seulement honte de moi, vous serez également la risée de tous vos amis.

Le duc n'en croyait pas ses oreilles. Il lui vint même à l'esprit que la plus jeune fille de la marquise n'avait peut-être pas toute sa raison. Pourtant, devant ce visage délicat et ce regard limpide, c'était difficile à imaginer.

— Je sais que vous me prenez pour une folle, dit Aldora, comme si elle avait lu dans ses pensées. Mais je vous assure que Maman a bien l'intention de faire de vous mon mari.

— Vous l'a-t-elle dit ?

— Elle m'a fait comprendre très clairement qu'elle vous admirait et que vous étiez à ses yeux le meilleur parti de tout le pays. Je crois qu'elle va s'arranger pour vous faire subir des pressions afin qu'il vous soit impossible de refuser.

Le duc ne voyait pas ce que la marquise pourrait faire et il se contenta de répondre :

— C'est absurde, Lady Aldora, et je vous répète que je n'ai aucune intention de me marier.

— Je m'en doutais et, de mon côté, je jure que rien ne pourra m'obliger à vous épouser.

Elle avait parlé avec une telle violence que le duc en fut surpris. Il avait l'habitude de voir toutes les femmes à ses pieds et la réaction d'Aldora piqua sa curiosité.

— J'accepte votre point de vue, dit-il, mais j'aimerais savoir pourquoi vous m'avez à ce point en horreur.

— Croyez-vous que je veuille épouser un homme qui passe sa vie à courtiser les femmes des autres et qui, après avoir profité d'elles, les rejette pour de nouvelles conquêtes ?

L'impolitesse délibérée de ses propos mit le duc en colère.

— Je ne vois aucune raison de poursuivre cette conversation, dit-il en se levant.

Il avait parlé d'une voix glaciale qui d'ordinaire faisait trembler ses interlocuteurs mais, à sa grande surprise, Aldora battit des mains et s'exclama :

— Parfait ! Maintenant, vous me détestez. Je sais me montrer odieuse et, comme vous avez pu le constater, très laide. Promettez-moi de dire à Maman que vous refusez absolument de demander ma main.

— Vous pouvez en être assurée, répliqua froidement le duc. Et je crois, Lady Aldora, que nous devrions oublier cette conversation parfaitement ridicule.

— Et moi, je veux au contraire que vous vous en souveniez, répondit Aldora, et que vous sachiez à quel point je vous déteste. Si vous demandez ma main, je m'enfuirai en France et personne ne retrouvera plus jamais ma trace.

Le duc pensa, avec une pointe d'irritation, que c'était ce qu'elle avait de mieux à faire. Il se dit aussi qu'il était indigne de lui de se chamailler avec cette jeune farfelue. Aussi, il tourna les talons et se dirigea vers le phaéton. Aldora le suivit.

— Tenez-vous-en à ce que vous avez dit, fit-elle, et, en dépit de ce que Maman vous racontera, affirmez que rien ne vous contraindra à m'épouser. Si je dois me marier un jour, ce ne sera pas avec un homme comme vous.

Le duc monta dans son phaéton et prit les guides des mains de son valet.

— Lorsque vous le trouverez, dites-lui qu'il a toute ma sympathie, ne put-il s'empêcher de répliquer.

Puis il tourna la tête vers son valet.

— Jim, déblayez le chemin.

Tandis que le valet tirait rapidement les branchages d'un côté, Aldora se plaça de l'autre côté du chemin et l'aida. Puis, lorsque l'allée fut déblayée, elle leva les yeux vers le duc et lui fit un salut militaire ironique. Elle souriait et cela transforma complètement son visage qui devint soudain rayonnant, presque beau. Ses yeux pétillaient de malice et le duc aperçut deux charmantes fossettes de chaque côté de sa bouche.

Mais il se refusa à s'attarder davantage et, dès que Jim eut repris sa place, il poursuivit son chemin.

Le château apparut bientôt dans toute sa splendeur et le duc songea que cette demeure renfermait un bien lourd secret. Car cette jeune fille, la propre fille de la marquise, était sans aucun doute atteinte de démence.

Elle devait d'ailleurs être étroitement surveillée et ne devait pas avoir l'autorisation de se joindre aux invités de sa mère.

Le duc arrêta ses chevaux devant la porte principale en espérant que c'était bien le cas et qu'il n'aurait pas à rencontrer à nouveau l'impertinente Lady Aldora.

2

Le duc descendit pour dîner, se réjouissant à l'avance de la soirée qui l'attendait. A son arrivée, la marquise l'avait accueilli chaleureusement et lui avait confié d'un air entendu :

— J'ai absolument tout fait pour que cette soirée soit à votre goût, mon cher Ingram.

Elle lui avait adressé son plus charmant sourire avant d'ajouter :

— Je suis ravie que vous soyez venu.

Le duc, lui aussi, était ravi de son choix. Sa chambre, très confortable, avec un salon attenant, était l'une des meilleures du château. Et il se doutait sans en avoir encore eu confirmation, que celle de Fenella serait à proximité. Pas trop proche, pour respecter la bienséance, mais assez toutefois pour favoriser les rencontres en toute discrétion.

C'était la règle d'or dans la haute société : favoriser les intrigues amoureuses mais jamais aux dépens d'un certain code de l'honneur.

Le duc ne prit donc pas la peine de se renseigner plus avant sur le nombre des invités, leur identité et l'endroit où ils logeraient. Il savait par expérience pouvoir compter sur la marquise pour lui fournir en temps voulu tous les détails susceptibles de l'intéresser.

En effet, une certaine complicité s'était établie, depuis bien longtemps déjà, entre la marquise et lui. Elle l'appréciait ; il la trouvait charmante et lui faisait une cour habile, entretenant ainsi avec elle des relations à la fois très agréables et très utiles.

Quand il quitta sa chambre, le duc était donc à mille lieues de penser à sa rencontre avec Lady Aldora. Aussi fut-il surpris de la voir, toute vêtue de blanc, et se tenant sagement aux côtés de la marquise. Elle n'avait plus rien de la jeune sauvageonne qui s'était montrée si impertinente envers lui.

Un sourire aux lèvres, il se dirigea vers la marquise.

— Je ne pense pas que vous connaissiez ma plus jeune fille, Aldora, dit-elle.

Le duc inclina la tête et Aldora fit une révérence gracieuse en évitant toutefois de croiser son regard. Le duc ne put s'empêcher de remarquer qu'elle était vraiment charmante dans sa robe blanche au tissu si fluide qu'elle paraissait presque immatérielle. Contrairement à sa mère, parée de diamants, elle ne portait pour toute parure que deux roses blanches dans sa chevelure d'or. Dans cette simplicité toute juvénile, elle rayonnait de fraîcheur et d'innocence.

Décidément, il assistait là à une véritable métamorphose, pensa le duc, étrangement ému. Sa surprise était telle qu'il ne savait quoi dire. Et l'arrivée opportune d'autres invités le sauva de justesse. Parmi eux, d'ailleurs, venait d'apparaître celle qu'il attendait avec impatience. Et tandis que Fenella passait la porte sous la lumière des chandeliers, il vit qu'elle était encore plus adorable que dans son souvenir.

Fenella Newbury, à vingt-sept ans, était à l'apogée de sa beauté. Grande, faite de manière exquise et vêtue d'une façon à mettre son corps en valeur, elle avait des cheveux châtains aux reflets auburn. Ses yeux, du bleu lumineux d'un jour d'été, son teint très clair et sa peau blanche contrastaient avec sa robe d'un bleu soutenu, presque sombre. Comme la marquise, elle était parée de bijoux dont une tiare et un collier de turquoises et de diamants.

Fenella et le duc se retrouvèrent bientôt face à face, et le duc put aussitôt lire dans son regard tout le plaisir qu'elle éprouvait à le voir. Ses yeux étaient la promesse même de plaisirs sans limites. Lorsque le duc lui prit la main, il sentit ses doigts trembler puis serrer les siens. Et ce geste, si furtif, était pourtant bien le signe d'un futur abandon, total, irrémédiable.

Les invités étaient au nombre de vingt et le duc, en tant que personnage le plus important, offrit son bras à son hôtesse pour la conduire à la salle à manger.

— Je suis enchanté de retrouver autant de mes proches amis sous votre toit, lui dit-il.

— C'est l'avantage de ce genre de réunion. Et vous savez fort bien, mon cher, que vos amis sont aussi les miens.

Et, comme si elle voulait souligner l'évidence, la marquise ajouta :

— Je connais Fenella Newbury depuis son enfance mais je ne l'ai jamais vue aussi belle qu'aujourd'hui.

Le duc saisit aussitôt l'insinuation et remarqua en souriant :

— On a raison de dire qu'à Goodwood se trouvent les meilleurs chevaux mais aussi les plus belles femmes.

Le repas fut un vrai délice. La nourriture était excellente, les vins capiteux et le duc s'adonna au plaisir de la conversation qui pétillait comme du champagne. Le duc apprécia tout particulièrement les apartés et les regards qu'il échangeait avec Fenella, assise à sa droite. Et une certaine intimité, bien agréable, s'installa peu à peu entre eux.

En prenant place à la table, il avait remarqué qu'Aldora se trouvait à l'autre extrémité, placée entre deux jeunes hommes. Cette distance lui convenait tout à fait, s'était-il dit.

Mais, vers le milieu du repas, il regarda sans vraiment le vouloir dans sa direction et vit qu'elle l'observait. Il remarqua à nouveau la haine avec laquelle elle le dévisageait, et fut une fois de plus dérouté. C'était la première fois qu'une représentante du sexe faible le regardait de cette façon. Il en oublia même le cours de la conversation. Cette jeune fille l'intriguait. Était-il possible que sa réputation soit parvenue à la connaissance d'Aldora, une enfant tout juste sortie de l'école ? Et, si c'était le cas, pourquoi lui témoignait-elle tant d'hostilité ?

« Tout cela est ridicule, pensa-t-il. Une enfant de cet âge ne devrait pas se mêler de ce genre d'affaires et ne devrait surtout pas en être affectée. »

Dans le monde où il évoluait, personne ne s'offusquait d'une *affaire de cœur,* si ce n'était le mari bafoué. Alors une aussi jeune personne, ne faisant en outre pas partie du cercle de ses amis intimes, n'avait vraiment aucun droit de se montrer aussi critique !

« Je suppose qu'elle a surpris certaines conversations ou qu'elle aura entendu des commérages de domestiques. »

Le duc s'efforçait toujours de préserver la réputation des femmes qu'il courtisait. Et cela l'agaçait prodigieusement qu'Aldora puisse savoir qu'il s'intéressait à Fenella Newbury. Le duc s'enorgueillissait de son sens de la discrétion. On l'avait vu quitter son Club si d'autres membres parlaient d'une femme en la dénigrant, il n'écoutait jamais les commérages et ne les encourageait pas dans sa propre maison.

Il se souvint avec irritation de ce que lui avait dit Aldora sur sa manière de séduire les femmes et de les abandonner ensuite, sans aucun scrupule. Jamais personne n'avait osé s'adresser à lui avec autant de témérité, de...

— Vous avez l'air préoccupé, remarqua Fenella Newbury, l'interrompant dans ses pensées.

Il cessa de froncer les sourcils et se tourna vers elle en souriant.

— Pardonnez-moi. Vous savez bien qu'une seule chose me préoccupe : vous parler et écouter votre voix délicieuse.

— C'est aussi mon désir, dit-elle avec douceur, contenant visiblement toute l'ardeur qui ne demandait qu'à s'échapper d'elle.

Le dîner se prolongea longtemps et, lorsque les dames se retirèrent au salon, Fenella Newbury murmura en passant devant le duc :

— Ne soyez pas trop long.

Il lui répondit d'un simple regard d'acquiescement.

La marquise l'avait déjà prié, puisqu'il n'y avait pas d'hôte, de bien vouloir conduire les messieurs au salon lorsqu'ils auraient bu leur porto.

Le duc n'aimait pas le porto et prit seulement un petit verre de fine. Il fut donc très vite prêt à quitter la table, à la surprise de certains de ses amis qui n'avaient pas encore fini leur cigare. Ceux-ci se regardèrent d'un air entendu tandis qu'il se dirigeait vers le salon.

Les dames, installées gracieusement sur les fauteuils et les sofas, offraient un ravissant spectacle. Des tables de jeu étaient ouvertes dans la pièce attenante, et le duc remarqua, en entendant de la musique, qu'Aldora était assise au piano.

Il pensa avec soulagement que cela l'écartait provisoirement de lui. Et il fut aussi forcé d'admettre qu'elle jouait remarquablement bien.

Regardant encore autour de lui, il vit Fenella Newbury, assise à l'écart, qui le regardait d'un air impatient. Visiblement, elle attendait qu'il la rejoigne.

Dès qu'il fut assis à ses côtés, la musique changea et la sonate de Mozart fit place à un air léger et romantique. Le duc eut l'impression désagréable qu'Aldora se moquait ouvertement de lui.

« Quelle petite chipie ! pensa-t-il. Si elle était ma fille, je lui donnerais une bonne fessée et l'enverrais au lit. »

Cependant, il s'efforçait de répondre aux mots flatteurs de Fenella et aux regards admiratifs dont elle le couvait. Mais, en dépit de tous ses efforts pour ne pas écouter, il entendait la séduisante valse de Strauss que jouait Aldora et les reproches qu'elle semblait contenir.

Malgré tous ses efforts pour ignorer Aldora, le duc resta conscient de sa présence durant toute la soirée. Et, vers minuit, il la vit quitter le piano pour aller parler à sa mère. Sans doute lui demandait-elle la permission de se retirer, songea-t-il. Sa présomption était juste. Aldora se dirigea bientôt vers la porte et, lorsqu'elle eut atteint le seuil du salon, se retourna vers lui. Leurs regards se croisèrent.

Ils étaient à quelque distance l'un de l'autre mais il vit nettement qu'elle s'était remise à loucher. Il eut à peine le temps de réaliser qu'elle venait une fois de plus de se moquer de lui : Aldora s'était déjà glissée hors de la pièce et avait disparu.

— Il se fait tard, soupira Fenella Newbury, et, puisque nous aurons une journée éprouvante demain aux courses, je crois que je devrais... me retirer.

Elle le regardait tout en parlant, puis elle ajouta, à voix si basse qu'il l'entendit à peine :

— Je suis dans la chambre Stuart, juste en face de la vôtre.

Elle se leva et plusieurs autres jeunes femmes l'imitèrent, comme si elles obéissaient à un signal convenu, et prirent congé de leur hôtesse.

Les hommes ne s'attardèrent pas longtemps après le départ des dames. Certains d'entre eux avaient fait un long voyage pour atteindre Goodwood, et il était de coutume de ne pas prendre le train mais de venir avec son propre attelage. Ainsi on pouvait assister aux courses dans sa voiture et il était même d'usage d'y rester pour déjeuner.

Tout ce monde se sentait donc très fatigué, la poussière le long des routes sinueuses des alentours de Goodwood ayant rendu la dernière partie du voyage très éprouvante.

Le valet du duc l'attendait dans sa chambre et l'aida à se déshabiller. Le duc enfila une longue robe de chambre, puis donna congé à son domestique. Il traversa sa chambre et tira les rideaux d'une des fenêtres pour regarder dehors.

Les jardins, qui descendaient en pente douce vers un lac, étaient magnifiques, et le ciel était rempli d'étoiles. Une demi-lune éclairait les arbres du parc et, en apercevant l'allée, le duc pensa à nouveau au curieux accueil d'Aldora.

« En tout cas, pensa-t-il, la marquise n'a pas du tout l'intention que je devienne son gendre. Autrement, pourquoi aurait-elle tout fait pour que je rencontre Fenella ? »

La marquise avait, en effet, remarquablement tout organisé. Et pas seulement pour le duc.

Elle s'était arrangée pour que chacun de ses amis rencontre la dame de son choix, cette nuit-là.

Le duc songea que les autres invités devaient être dans le même état d'esprit que lui, en cet instant précis. Tous pensaient que la marquise était leur bonne fée, et qu'un seul coup de sa baguette magique suffisait à leur apporter le bonheur.

Tout cela lui parut soudain très artificiel. N'étaient-ils tous que de simples marionnettes dont la marquise tirait les ficelles à sa guise ?

Il poussa un profond soupir, se demandant quelle serait sa réaction si une femme, une seule fois, lui résistait. Il sourit. Cela ne lui était jamais arrivé et il était fort improbable que cela lui arrive un jour. Et ce soir encore, Fenella, l'une des plus belles femmes qu'il ait jamais vue, l'attendait avec impatience.

L'espace d'une seconde, il eut la tentation de tout abandonner et de se coucher. Cette entrevue avec Fenella avait été si bien organisée qu'elle manquait soudain de piquant à ses yeux. Il aurait voulu goûter le plaisir de l'imprévu...

Puis il se trouva ridicule. Il désirait Fenella et elle le désirait. Alors qu'attendait-il ?

— Tu n'as aucune raison d'hésiter, murmura-t-il avec impatience.

Il tira les rideaux et éteignit la lumière.

Le duc se levait toujours de bonne heure. Quelle que soit l'heure à laquelle il se couchait, il se réveillait toujours à six heures précises et, même s'il essayait de le faire, il lui était impossible de se rendormir. Parfois, si le temps était maussade et qu'il se trouvait à Londres, il restait au lit et lisait. Mais c'était si rare que, où qu'il soit, ses palefreniers tenaient toujours un cheval prêt pour lui à six heures quinze précises.

Ce matin-là, bien que, comme prévu, il ait très peu dormi, il ne se sentait pas du tout fatigué.

Fenella s'était montrée exactement telle qu'il l'avait imaginée, exigeante et passionnée, mais, par bien des côtés, peu éveillée à certains raffinements des jeux de l'amour.

Tout en prenant sa douche, il constata que le parfum exotique qui lui collait à la peau lui était assez désagréable. Tandis qu'il se frottait plus énergiquement que d'habitude, il se réjouissait à l'idée de la promenade à cheval qu'il allait faire. Ses randonnées dans la magnifique campagne de Goodwood étaient à chaque fois pour lui un plaisir inégalé.

Il se rendit donc aux écuries vers six heures et quart. Un des palefreniers venait juste de sortir pour lui l'étalon gris qu'il avait fait venir avant son arrivée. Le duc ne possédait pas ce cheval depuis longtemps et celui-ci ne lui était pas encore totalement soumis.

Les yeux du duc brillèrent d'un éclat de plaisir. Il savait qu'il allait livrer une bataille contre cet étalon, un adversaire digne de lui. Il sauta en selle et allait juste quitter la cour lorsqu'il aperçut quelqu'un à cheval dans un pré voisin qui, à ce moment précis, franchissait un obstacle très élevé.

Le duc s'attendit à être le témoin d'un terrible accident. Mais il n'en fut rien. Le cheval sembla voler au-dessus de l'obstacle et se reçut parfaitement. Le duc, impressionné, le regarda poursuivre et se rendit compte que c'était une femme qui le montait.

— Qui est-ce ? demanda-t-il, intrigué.

— C'est Lady Aldora, Votre Grâce, répondit le palefrenier. Elle a fait construire la réplique des obstacles du Grand National et elle y entraîne trois chevaux.

Le duc avait du mal à y croire. Les obstacles du Grand National de Liverpool étaient les plus hauts de tout le pays et il était inconcevable qu'une cavalière puisse les franchir. Sans un mot de plus, il fit faire demi-tour à son cheval, sortit de la cour et s'engagea dans un paddock à proximité. D'ici, il pouvait maintenant voir la série d'obstacles dressés sur un immense espace circulaire.

Aldora, ayant franchi deux autres haies, se trouvait à présent à l'extrémité la plus éloignée de lui et s'apprêtait à franchir une réplique de la rivière. Elle s'élança vers l'obstacle et, tandis que le cheval prenait son appel, le duc eut presque la certitude qu'il allait tomber. Mais, Aldora lui ayant donné une impulsion supplémentaire, il s'étira au dernier instant et évita la catastrophe au millimètre près. Aldora n'avait plus que deux obstacles à franchir pour finir son parcours.

Le duc se dit qu'il ferait mieux de s'en aller, pour ne pas risquer d'avoir à la rencontrer et à lui parler. Mais il ne put pourtant pas s'empêcher de la regarder encore et d'admirer sa maîtrise. Cette jeune fille, malgré tous ses défauts, montait bien mieux que lui à cheval, il devait l'admettre.

Le dernier obstacle franchi, Aldora revint au trot, caressant son cheval à l'encolure et lui parlant doucement. Elle souriait, et le duc remarqua à nouveau ses deux adorables fossettes.

— Tu es un brave garçon et je suis contente de toi, l'entendit-il dire affectueusement.

Mais, dès qu'elle aperçut le duc, elle se raidit et son sourire disparut instantanément, laissant place à une expression hostile.

Le duc ne bougea pas et, lorsqu'elle fut à quelques foulées de lui, souleva son chapeau d'un geste nonchalant.

— Vous êtes bien matinal, remarqua-t-elle. J'imaginais que vous seriez trop fatigué pour monter à cheval.

Elle ne manquait vraiment pas d'audace ! Voilà qu'elle faisait clairement allusion à la nuit qu'il venait de passer ! Le duc fut tellement surpris qu'il ne se mit même pas en colère.

— Je suppose que je ne puis que vous féliciter d'avoir franchi ces obstacles : bien des hommes en seraient incapables.

— Johnson vous a dit qu'ils étaient la réplique de ceux du Grand National ?

— Oui. Et vous prenez de gros risques en y entraînant des chevaux inexpérimentés.

— Il faut bien qu'ils apprennent. Et puis on monte les obstacles très progressivement pour leur laisser le temps de prendre confiance.

Aldora ne semblait pas particulièrement ravie de s'entretenir avec le duc. Mais les chevaux lui tenaient à cœur et elle ne pouvait s'empêcher d'en parler avec animation.

— J'aimerais bien essayer de sauter ces obstacles avec mon étalon, déclara le duc. Mais il manque d'entraînement. En fait, je ne lui ai encore jamais fait franchir d'obstacle.

Il avait parlé comme pour lui-même et, lorsqu'il se tut, il crut qu'Aldora ne manquerait pas cette trop bonne occasion de se moquer de lui. Il fut donc très surpris de l'entendre répondre :

— Vous avez raison de ne pas risquer de vous blesser ou de blesser votre étalon. Mais si vous le souhaitez, vous pouvez essayer *Red Rufus*. C'est un très bon sauteur. J'ai même l'intention de l'engager dans le Grand National, l'année prochaine à Liverpool.

Elle n'attendit pas la réponse du duc et donna un ordre à l'un des palefreniers.

Quelques minutes plus tard, celui-ci amena un grand bai, d'une allure peu élégante, mais qui possédait une bonne longueur de jambes.

En attendant, le duc avait soigneusement examiné les obstacles, les jaugeant et calculant exactement la façon dont il les aborderait.

Dès qu'il fut en selle, il se rendit compte qu'Aldora avait raison : *Red Rufus* était parfaitement à l'aise et sûr de lui.

Il franchit les obstacles avec une marge de plusieurs centimètres à chaque fois et passa la rivière sans encombre. Le parcours lui procura un plaisir intense. Il ne se souvenait pas d'avoir jamais franchi des obstacles aussi hauts ni si proches les uns des autres. Et, tandis qu'il rejoignait Aldora au trot, il se dit que, malgré leur antipathie réciproque, ils avaient au moins un point en commun : leur amour de l'équitation.

— Merci, lui dit-il. Et encore toutes mes félicitations. Je suis certain que *Red Rufus* ne vous décevra pas.

— J'en suis sûre. Et j'espère que rien ne viendra contrarier mes projets, ajouta-t-elle d'un ton redevenu agressif.

Le duc comprit aussitôt à quoi elle faisait allusion : son prétendu mariage avec lui.

Il jugea plus sage de ne rien répondre, remonta sur son étalon, souleva son chapeau en signe d'au revoir... et partit le plus vite possible dans la direction opposée.

« Cette fille a le don de me mettre hors de moi ! songea-t-il en poussant son cheval au galop. Mais quelle sacrée cavalière ! »

Aucune de ces dames n'était encore descendue pour le petit déjeuner lorsque le duc retourna au château. La conversation portait donc exclusivement sur les chevaux qu'il fallait jouer au cours de la journée.

Le duc était certain de gagner la Stewards' Cup mais, n'ayant pas envie de faire chuter la cote de son cheval, il parla très peu.

Lorsque les dames apparurent enfin, toutes très élégantes et tenant à la main de petites ombrelles pour protéger leur teint, il songea qu'il se devait d'indiquer les vainqueurs, au moins à Lady Fenella. Il l'observa, tandis qu'elle regagnait la voiture qui devait la conduire au champ de courses.

Elle était ravissante et portait encore une robe bleue, sa couleur favorite, et son chapeau était bordé de roses roses ainsi que son ombrelle. Et l'expression de ses yeux, quand leurs regards se croisèrent, lui apprit qu'elle était très amoureuse de lui. Leur histoire d'amour avait franchi le cap préliminaire d'un flirt excitant et pouvait désormais se transformer, il le savait d'après ses expériences passées, en une tempête d'émotions tumultueuses.

La nuit précédente avait été un plaisir si familier qu'une simple promenade à cheval l'avait presque effacée de sa mémoire. Mais à présent, il se souvenait qu'aux moments les plus passionnés de cette nuit ses pensées s'étaient tournées vers Aldora. Aldora qui le méprisait, le condamnait, le haïssait...

Quand il monta dans sa voiture, il eut la mauvaise surprise de voir qu'Aldora faisait partie des invités qui s'y étaient déjà installés. Elle s'était assise, évidemment, le plus loin possible de lui. Mais le duc savait qu'il lui serait difficile d'ignorer sa présence et surtout d'éviter les regards de haine qu'elle ne manquerait pas de lui lancer.

Pourtant, elle savait se montrer charmante, songea-t-il en repensant à leur rencontre matinale.

« Oh, et puis, je m'en moque ! se révolta-t-il intérieurement. Cette petite pimbêche ne mérite pas que je lui accorde autant d'attention. »

Cinq kilomètres d'allées tortueuses menaient à Goodwood Park, et ils s'arrêtèrent enfin au château devant lequel était dressée une grande tente. Les chevaux, postés à l'ombre des arbres, tapaient du pied et reniflaient bruyamment. Un superbe landau vert, attelé de quatre chevaux bais, était garé non loin. Des cochers, en livrée rouge et blanc, attendaient les invités du duc de Richmond pour les conduire vers les tribunes.

Le groupe des invités venant de Berkhampton arriva le premier. Aussitôt, des valets de pied leur offrirent des boissons et arrangèrent les coussins des dames. Tout, à Goodwood, était disposé de façon à donner l'impression d'une réunion privée, dans un parc privé. Les courses de Goodwood étaient d'ailleurs en partie célèbres pour cela. Si l'on n'y venait pas pour les chevaux, on y venait au moins pour s'y retrouver entre gens de bonne compagnie.

Le duc, lui, s'y rendait principalement pour les courses. Et il trouvait que les femmes, malgré leur beauté, étaient quelque peu encombrantes sur un champ de courses.

Fenella, par exemple, malgré son désir de lui plaire, ne savait pratiquement rien sur les chevaux et ne s'y intéressait que dans la mesure où cela le passionnait, lui. Ceci était caractéristique de presque toutes les femmes qu'il avait eu le bonheur de connaître intimement et cela ne le surprenait donc pas.

Par contre, il remarqua qu'Aldora, quoique cela fût contraire aux usages, discutait avec les jockeys avant et après les courses, et qu'elle passait son temps à inspecter les chevaux au paddock plutôt qu'à bavarder dans les tribunes.

— Avez-vous eu de la chance, jusqu'à présent ? ne put-il s'empêcher de lui demander quand il la croisa, juste avant une course.

— Gagnant et placé, jusque-là, répondit-elle. Je suis le cauchemar des bookmakers, tout comme vous êtes le mien.

Il eut juste le temps d'apercevoir son sourire ironique : une fois de plus, elle avait disparu, le laissant en colère et sans voix.

On attendait que les chevaux se placent au départ, et le duc, quelque peu offensé, alla s'asseoir aux côtés de Fenella. Il engagea la conversation, lui parlant de son cheval, qu'il avait entraîné lui-même, et qui, il en était sûr, allait gagner. Mais Fenella l'interrompit bientôt pour lui dire combien il comptait pour elle, quels étaient ses sentiments à son égard et qu'elle avait passé une nuit merveilleuse... Le duc, lassé de ce qu'il considérait comme des banalités, se leva prétextant qu'il ne pouvait pas rater le début de cette course.

Le terrain était dur, mais les chevaux étaient exceptionnellement bien entraînés. L'arrivée fut donc très disputée. Et le cheval du duc remporta une victoire d'autant plus glorieuse qu'elle était difficile.

En fait, le duc avait rarement assisté à une course aussi excitante. Plein d'enthousiasme, il se tourna vers Fenella qui, la voix chargée d'ennui, lui demanda si c'était fini et s'il avait gagné.

— Oui, répondit-il simplement, d'un ton sec qui le surprit lui-même.

Mais Fenella ne sembla pas se rendre compte de son irritation. Sortant un petit miroir de son sac, elle remit consciencieusement en place quelques mèches de ses cheveux, puis adressa un sourire charmeur au duc. Celui-ci soupira intérieurement, s'efforça de lui rendre son sourire, et s'esquiva dès qu'il le put.

Lorsqu'il atteignit la barrière du terrain de courses, il y aperçut Aldora, au milieu de la foule. Elle bavardait d'une manière bien trop familière à son goût avec des personnages qui lui parurent peu recommandables. L'arrivée du duc fut applaudie.

— Merci, Votre Grâce. Grâce à vous, nous avons gagné.

— Je suppose qu'ils ont parié sur mon cheval, dit le duc à Aldora.

— Bien entendu. J'ai examiné *Hercules* avant le départ, et je leur ai dit qu'il gagnerait.

— Nous vous sommes reconnaissants, Milady, dit un des hommes. Vous ne vous trompez jamais. Qui donnez-vous comme gagnant dans la prochaine course ?

Le duc n'aurait su dire pourquoi, mais voir Aldora discuter si simplement avec ces gens, leur donner des conseils, l'agaçait prodigieusement.

— Je n'en suis pas certaine, mais d'après les papiers, ce devrait être *Gordon*.

— Les papiers ne nous intéressent pas, dit l'un des hommes. Donnez-nous votre impression personnelle. C'est cela qui compte.

Le duc observait attentivement Aldora. Il avait peine à croire qu'une si jeune fille puisse se mêler ainsi à une foule d'hommes inconnus. Sa place était plutôt dans les tribunes, assise sagement à côté de sa mère.

Il fut sur le point de le lui faire remarquer, mais se retint. Après tout, Aldora pouvait bien agir à sa guise, cela ne le regardait pas. Et moins il aurait de rapports avec elle, mieux il se porterait.

Il s'éloigna donc et regagna les tribunes. Mais il ne put s'empêcher de continuer à l'observer de sa place, se rendant compte qu'elle ne se pressait pas du tout pour quitter ses amis peu recommandables. Elle attendit en effet la dernière minute, c'est-à-dire le départ de la course, pour rejoindre sa place dans la tribune, juste audessus de celle du duc.

La course était à présent bien engagée et le duc se retourna pour voir comment se comportait Aldora. Juchée sur une chaise, elle suivait attentivement les chevaux du regard. Un regard plein de passion et d'excitation. Décidément, Aldora ne se souciait pas du tout des lois de la bienséance. Et, ce qui étonna fortement le duc, sa mère ne semblait pas se scandaliser de ses manières peu conventionnelles.

Lorsque les chevaux s'engagèrent dans la ligne droite et que l'outsider, au grand étonnement de tous, prit la tête et passa le premier le poteau d'arrivée, le duc entendit des « hourras » peu discrets derrière lui. C'était encore Aldora ! Comment avait-elle pu savoir que ce cheval serait gagnant ?

Piqué par la curiosité, le duc rejoignit peu après Aldora au paddock. La jeune fille examinait les chevaux qui disputeraient la quatrième épreuve.

— Vous avez eu de la chance dans la dernière course. Cette arrivée était pourtant peu prévisible.

— Oui. J'ai su à la dernière minute que *Golden Sunset* gagnerait, lui répondit-elle sans cesser de regarder attentivement les chevaux.

— Comment ? demanda-t-il.

Aldora garda le silence.

— Je vous ai posé une question, insista-t-il. Comment l'avez-vous su ?

Elle sembla hésiter avant de répondre :

— Je ne peux pas l'expliquer. C'est quelque chose que je sais et je me trompe rarement.

— Vous voulez dire que vous pouvez toujours deviner qui sera le vainqueur ?

— Seulement lorsque j'ai vu les chevaux avant.

Aldora parlait d'un air détaché et le duc fut piqué au vif.

— Expliquez-vous. Je ne comprends pas.

— Il n'y a rien à comprendre. Les gitans appellent cela avoir l'*œil*. On l'a ou on ne l'a pas !

— Et vous l'avez ?

— Oui.

— Je suppose que je ne possède pas ce talent.

Elle se tourna vers lui pour la première fois et il vit que ses yeux, bien que gris, étaient parsemés de paillettes d'or, comme si le soleil y était emprisonné.

Elle le dévisagea longtemps et il eut l'étrange impression qu'elle regardait tout au fond de lui.

— Puisque vous connaissez tant de choses sur

les chevaux, dit-elle enfin, et qu'ils ont tant d'importance pour vous, il vous serait peut-être possible de l'acquérir. Mais étant donné que vous n'y croyez pas, cela me semble peu probable.

— Que je ne crois pas en quoi ? demanda le duc.

— Cela, Votre Grâce, dit-elle en souriant d'un air moqueur, c'est à vous de le découvrir.

Sur ce, elle s'éloigna, sans plus se soucier de sa présence. C'était bien la première fois qu'une femme le quittait aussi brusquement, se dit le duc, quelque peu vexé.

Il ne revit pas Aldora avant la fin de la dernière course. Au moment de monter en voiture pour repartir, il la vit se retourner et faire un grand signe de la main à un groupe de gens qui paraissaient être de ses amis. Ils lui firent une ovation et quelques hommes agitèrent leurs chapeaux. Tandis qu'Aldora prenait place, le duc se demanda une fois de plus ce que pensait la marquise de la conduite de sa fille. Mais, curieusement, celle-ci ne semblait pas du tout choquée, ni même intéressée.

Ce soir-là, après le dîner, trente autres invités vinrent se joindre à ceux déjà présents au château. Ce fut une superbe réception. Le duc ne fut pas surpris de découvrir la magnifique salle de bal attenante à la maison et l'excellent orchestre venu spécialement de Londres.

Fenella était ravie à l'idée de danser avec lui.

— C'est un de mes plus chers désirs depuis le jour où je vous ai rencontré, lui avoua-t-elle.

— Vous tenir dans mes bras est toujours un plaisir, ma chère, répondit-il en l'entraînant sur la piste.

Ils tournoyèrent, très près l'un de l'autre, au rythme d'une valse romantique.

— Vous dansez divinement, murmura Fenella, au bord de l'extase.

Le duc était habitué à de tels compliments. Il s'était d'ailleurs fixé une règle : être le meilleur, toujours, dans tout ce qu'il entreprenait. Et, jusqu'à ce jour, il n'avait jamais failli à cette règle.

« Jusqu'à ce jour », songea-t-il, amer. Oui. Aujourd'hui quelqu'un s'était montré plus brillant que lui : Aldora. Comment avait-elle pu deviner que *Golden Sunset* serait gagnant ? Le duc doutait de ses prétendus pouvoirs magiques. Il penchait plutôt pour l'hypothèse d'un trucage des jeux. Mais cela lui semblait aussi inconcevable. Une toute jeune fille, inexpérimentée, ne pouvait pas être mêlée à une telle escroquerie.

En tant que membre du Jockey-Club, le duc savait pertinemment que les pratiques irrégulières étaient courantes sur la plupart des champs de courses. Mais les informations frauduleuses ne circulaient pas au grand jour. Loin de là ! Il était donc impossible qu'Aldora en ait eu connaissance.

Il fallait donc en conclure, au mépris de tout raisonnement rationnel, qu'Aldora possédait un don divinatoire. Cela expliquait, sans doute, le nombre imposant de ses amis et admirateurs sur le champ de courses.

Cette explication ne satisfit qu'à moitié le duc. Et il se promit d'élucider ce mystère dès que possible.

Ce soir-là, au dîner, le duc avait trouvé Aldora ravissante. Elle portait une robe d'un vert tendre et ses cheveux étaient parés d'une couronne de feuillage. Le duc s'était dit qu'elle ressemblait à un elfe. Ses pensées avaient alors dérivé. Il l'avait revue, petite sauvageonne, lors de leur première rencontre. Puis, montée sur son cheval, franchissant des obstacles assez hauts pour effrayer le commun des cavaliers. Puis, au milieu de ces hommes inconnus, sur le champ de courses, discutant avec eux, souriante, éclatante de fraîcheur et de jeunesse...

Mais le duc s'était bien vite ressaisi. Cette fille ne devait pas occuper ses pensées ! Il avait déjà assez perdu de temps avec elle.

Pourtant, quand il l'avait vue accepter l'invitation d'un jeune officier à danser, plus tard dans la soirée, il n'avait pu s'empêcher de la suivre du regard. Il l'avait alors entendue rire, d'un rire aussi cristallin qu'une source d'eau vive. Et ce rire résonna longtemps dans son esprit, comme un air agréable que l'on ne peut s'empêcher de fredonner.

Lorsqu'ils eurent fini de danser, Fenella attira le duc au-dehors. Et, tandis qu'ils traversaient la pelouse et s'éloignaient de la salle de bal, elle se rapprocha sensiblement de lui. Visiblement, elle attendait qu'il la prenne dans ses bras et l'embrasse. Cette impatience, si peu discrète, déplut au duc, mais il s'efforça de n'en rien laisser paraître. Fenella devenait une proie bien trop facile...

Voyant que le duc ne se décidait pas, Fenella prit bientôt les devants. Elle s'arrêta et leva son visage vers lui.

— Ô mon amour, le temps m'a paru si long ! Nous voilà enfin seuls.

Le duc la regarda. Il remarqua à nouveau sa beauté exceptionnelle. Mais, étrangement, il ne ressentait rien. Fenella n'avait plus le pouvoir de l'émouvoir.

Elle sentit son hésitation et s'enhardit. Passant les bras autour de son cou, elle l'attira contre elle et lui tendit ses lèvres.

Le duc resta de glace. Mais, quand les lèvres de Fenella se posèrent sur les siennes, insistantes, passionnées et exigeantes, il comprit qu'une fois de plus la tentation l'emporterait.

Il se laissa alors entraîner par le désir impérieux qui montait en lui et, resserrant son étreinte, il embrassa Fenella avec fougue.

Furtivement, pourtant, Aldora traversa encore son esprit. Savait-elle ce qu'il était en train de faire en ce moment ? Le condamnait-elle ?

3

La deuxième journée des courses se déroula, aussi réussie que la première, et peut-être même encore plus fastueuse.

Les dames, en particulier, s'étaient appliquées à paraître encore plus ravissantes. Vêtues de leurs plus belles robes, parées de leurs plus fins bijoux, elles rivalisaient de charme, et on aurait pu se croire à un concours de beauté.

Le duc s'intéressait naturellement aux chevaux avant tout. Et Fenella boudait un peu lorsqu'il revint s'asseoir à côté d'elle: il s'était absenté trop longtemps à son goût. Elle effleura sa main et le regarda d'une façon appuyée qui l'irrita.

En effet, Fenella se montrait de moins en moins discrète. Et, si le duc ne pouvait empêcher les bavardages sur son compte, il n'avait aucune envie en revanche de les alimenter ni d'aviver les imaginations.

Il préféra donc aller bavarder avec des amis qui se tenaient debout, à l'arrière des tribunes. Bientôt, Aldora vint s'installer à sa place habituelle, non loin de là. Le duc ne put s'empêcher de s'approcher d'elle.

— J'espère que votre « œil » vous a donné *Foxhunter* gagnant, lui dit-il d'un ton moqueur.

Il fut contrarié de constater qu'il attendait sa réponse avec une sorte d'appréhension.

— J'ai parié sur *Terrier*, répondit finalement Aldora avec réticence.

Le duc la regarda, étonné. Il avait très soigneusement examiné la liste des partants et le seul outsider, appartenant de plus à un propriétaire inconnu, était *Terrier*.

Ce cheval n'avait aucune chance de gagner, le duc en était sûr. Et ce pronostic, pour le moins farfelu, prouvait qu'il ne devait pas prendre Aldora au sérieux. Elle ne connaissait absolument rien aux courses et eût mieux fait de se consacrer à la peinture et au piano, comme toute jeune fille de bonne famille.

— Je vous souhaite bonne chance, lança-t-il, ironique, avant de retourner s'asseoir auprès de Fenella.

Le départ de la course fut donné et tout le monde était très excité. Quant au duc, la seule chose qui l'intéressait était de savoir si son cheval battrait celui du duc de Richmond. Celui-ci se vantait en effet de posséder un vrai gagnant, lui ayant déjà rapporté des sommes considérables au cours de l'année.

De plus, le duc de Richmond voulait connaître la joie de gagner sur son propre champ de courses.

Le duc comprenait de tels sentiments chez un propriétaire. Lui-même voulait d'ailleurs prouver que *Foxhunter* était aussi bon qu'il le prétendait. Pratiquement tous ses amis avaient parié sur son cheval, et il ne souhaitait pas les décevoir.

— Nous comptons sur vous pour gagner, Ingram, lui avaient-ils dit la veille.

Le duc avait hoché la tête, sûr de lui.

Les chevaux abordaient à présent la ligne droite pour la deuxième fois. Et le duc remarqua, à côté de ses couleurs et de celles du duc de Richmond, un jockey portant une casaque à pois verts et jaunes, avec une toque verte et des croisillons verts. Regardant dans ses jumelles, il jugea qu'il devait s'agir de *Terrier*.

Ce cheval n'avait aucune allure, il avait même l'air hirsute, ce qui justifiait son nom. Mais, au grand étonnement de tous, il prit soudain l'avantage et termina la course avec une bonne longueur d'avance sur les favoris.

Un murmure général de déception parcourut la foule. On venait de perdre beaucoup d'argent et la réputation du duc pâtirait de cette défaite. Le duc resta quelque temps figé sur sa chaise, comme s'il n'arrivait pas à croire à ce résultat inattendu. Ainsi, Aldora avait encore vu juste, pensa-t-il, dépité.

Il la vit se diriger vers les écuries et alla rejoindre la marquise.

— Je suis désolée pour vous, Ingram, lui dit-elle avec sincérité et douceur. Mais vous vous rattraperez demain, en gagnant la Goodwood Cup.

— Je suis surtout ennuyé d'avoir déçu mes amis, répondit-il avec quelque raideur.

Puis il se joignit aux messieurs qui se dirigeaient vers la salle de pesage. Il regarda les résultats au passage : son cheval était *dead-heat*, pour la seconde place, avec celui du duc de Richmond. « Bien piètre consolation ! » songea-t-il.

Quelques instants plus tard, il aperçut Aldora, parlant avec animation à un homme, qui devait être le propriétaire de *Terrier*.

Le duc s'avança vers lui.

— Monsieur Barnard, je suppose ? Puis-je vous féliciter pour cette magnifique victoire ? Ce fut une véritable surprise.

— Je vous remercie, répondit M. Barnard, ravi. Je dois avouer que je ne m'attendais pas du tout à cette victoire. Bien que Lady Aldora l'eût prévue.

Le duc regarda Aldora et eut la fâcheuse impression que son sourire était moqueur. Et, dès que M. Barnard s'éloigna, il ne put s'empêcher de la questionner :

— Comment saviez-vous que *Terrier* gagnerait ?

Elle ne répondit pas. Le duc ajouta alors, avec une pointe d'agressivité :

— Vous pouvez prétendre que c'est votre « œil », mais moi je crois que vous disposez d'autres moyens d'information.

Aldora gardait toujours le silence mais, voyant rentrer le cheval du duc ainsi que celui du duc de Richmond, elle se décida à parler, comme pour prendre leur défense :

— Ils ont fait de leur mieux.

— J'en suis parfaitement conscient, répliqua-t-il, irrité. Pas de chance, Davis, mais on ne peut jamais prévoir l'inattendu, ajouta-t-il à l'adresse de son jockey qui semblait abattu.

Le jockey sourit amèrement.

— Désolé, Votre Grâce. Il n'y a vraiment rien eu à faire.

— Nous aurons plus de chance demain, répondit le duc sans grande conviction.

Il flatta l'encolure de son cheval, puis se détourna. Que lui réservait donc le lendemain ? Encore une autre déception ? Un outsider gagnerait-il encore la course, contre toute attente ?

Bien qu'il fît ce qu'il put pour la chasser de son esprit, le duc ne cessa de penser à Aldora durant la soirée. En deux journées de courses, elle avait toujours joué gagnant avec une maîtrise que bien des membres du Jockey-Club lui auraient enviée. Il se promit de lui en reparler et d'essayer de découvrir son secret. Finalement, peut-être possédait-elle un vrai don de clairvoyance...

Mais, clairvoyance ou pas, cette jeune fille était insupportable ! songea-t-il, à nouveau en colère contre elle. Il devait prendre garde à ne pas lui manifester trop d'intérêt.

Pourtant, il se rendait compte qu'il n'était plus tout à fait insensible à son charme. Oui, Aldora était très séduisante malgré, ou peut-être à cause de son côté naturel, qui la rendait si différente des autres femmes. Il avait aussi remarqué que tous les hommes qui l'avaient invitée à danser au cours du bal avaient semblé fascinés par elle.

Plus tard dans la soirée, le duc se rendit au salon pour chercher une coupe de champagne. Aldora y était, discutant de manière animée avec un ambassadeur. Un homme assez âgé, d'allure très respectable et qui était ami intime avec la marquise. En passant, le duc surprit une bribe de leur conversation.

— Les intentions des Russes sont évidentes. Et le Premier ministre indien est extrêmement inquiet, surtout depuis que Lord Northbrook a compromis notre entente avec Sher Ali.

Le duc s'étonna du caractère de leur discussion. Comment un ambassadeur pouvait-il s'adresser aussi sérieusement à une si jeune fille ? Il ralentit délibérément le pas pour écouter la réponse d'Aldora.

— J'ai entendu dire, déclara-t-elle de sa voix douce et claire, que Lord Northbrook prenait sa retraite pour des raisons personnelles.

— Si c'est vrai, répliqua l'ambassadeur, c'est la meilleure chose qui pouvait arriver.

— C'est vrai, insista Aldora, et vous en aurez confirmation dans un jour ou deux.

Le duc ne put décemment pas s'attarder plus longtemps sans paraître incorrect. Aussi s'éloigna-t-il, encore tout étonné de ce qu'il venait d'entendre. Aldora ne cesserait-elle donc jamais de le surprendre ?

Lorsqu'il revint, sa coupe de champagne à la main, Aldora était en train de prendre congé de l'ambassadeur. Puis il la vit quitter le salon, certainement pour aller se coucher. Ne pouvant réprimer sa curiosité, il se dirigea vers l'ambassadeur.

— Puis-je vous apporter un verre, Excellence ?

— Non merci. En fait, j'allais me retirer. J'espère que notre hôtesse me pardonnera d'être fatigué après cette longue journée aux courses.

— Je vous ai vu en grande discussion avec sa fille, remarqua le duc.

— Une jeune fille brillante, murmura l'ambassadeur, absolument brillante. Quel dommage que ce ne soit pas un garçon.

Il s'éloigna tout en parlant, laissant le duc abasourdi. « Les hommes âgés se laissent souvent prendre au charmant piège de la jeunesse », se dit le duc en soupirant.

Le lendemain matin, le duc descendit à son heure habituelle. Il s'attendait à rencontrer Aldora, soit aux écuries, soit sur le parcours d'obstacles mais, à sa surprise et aussi, il dut l'admettre, à sa déception, il n'y avait pas trace d'elle.

Il ne pouvait tout de même pas demander de ses nouvelles au palefrenier ! Aussi, fit-il simplement seller son cheval avant de partir pour une longue promenade à travers la lande.

Quand il revint, Aldora n'était toujours pas là mais on ramenait son cheval à son box, visiblement fourbu. « Elle m'évite donc délibérément, songea le duc. Eh bien, tant mieux. C'est justement ce que je voulais. »

Il faisait très chaud ce jour-là, même pour une fin de juillet et, sur le champ de courses, tout le monde paraissait un peu plus nerveux que d'habitude. Tandis que les chevaux paradaient au paddock, le duc pensa qu'il n'avait jamais vu *Meteor* en meilleure forme. Il était confiant dans sa victoire, et son jockey avait la même certitude.

Alors que les chevaux se préparaient au départ, il croisa Aldora, accompagnée de ses étranges amis. Elle ne le vit pas car elle consultait son programme avec attention. Le duc se plaça délibérément sur son chemin.

— Dois-je m'attendre à de bonnes ou à de mauvaises nouvelles ? demanda-t-il sur un ton condescendant, comme s'il parlait à une enfant.

Elle leva la tête vers lui, esquissant à peine un sourire.

— Je suis sûre, Votre Grâce, que vous ne souhaitez pas connaître le résultat de la course avant même qu'elle ait commencé. Cela gâcherait votre plaisir.

— En fait, vous avouez votre ignorance, répliqua le duc, avec une pointe d'agressivité. Mieux vaut vous taire, en effet, que raconter n'importe quoi.

Elle le regarda cette fois droit dans les yeux, et elle avait l'air de s'amuser follement de son irritation. Puis, sans ajouter un mot, elle poursuivit son chemin.

Le duc se sentit révolté par tant d'impolitesse. Aldora commençait vraiment à le mettre hors de lui ! Ses manières étaient intolérables ! Mais ce qu'il ne supportait surtout pas c'était sa propre réaction. Comment cette petite chipie pouvait-elle avoir tant d'influence sur son humeur ?

« J'ai eu tort de venir à Berkhampton, pensa-t-il en retournant vers les tribunes. L'année prochaine, j'irai chez les Richmond, comme je l'ai toujours fait. »

Il rejoignit Fenella et s'assit à côté d'elle. Elle le frôla de sa main gantée.

— Je suis certaine, très cher, que *Meteor* va gagner et j'espère que vous avez parié sur lui pour moi.

Le duc acquiesça, mais il mentait. Il avait complètement oublié de le faire.

— Merci, dit Fenella. Et j'espère que vous m'offrirez un superbe cadeau pour fêter la victoire... et en souvenir de ce merveilleux séjour.

Le duc, étant donné sa grande fortune, avait l'habitude de ce genre de demande. Et cela ne manquait jamais de l'irriter. D'un naturel généreux, il savait récompenser les femmes pour leurs faveurs, et il ne comprenait pas que celles-ci manquent de tact et de finesse au point de se montrer ouvertement gourmandes. Il sentait que, malgré sa beauté, Fenella ne tarderait pas à l'ennuyer profondément, comme toutes les autres.

A leur retour à Berkhampton, un télégramme attendait Fenella. Immédiatement, tout le monde fut en effervescence. Lord Newbury annonçait à sa femme que sa mère venait d'avoir une crise cardiaque et qu'elle était au plus mal. Il lui demandait de rentrer à Londres le plus rapidement possible. Fenella décida donc de prendre le train express à Chichester.

— Je vous accompagne à la gare, proposa le duc, sachant que c'était le moins qu'il pouvait faire.

Fenella le remercia, les larmes aux yeux, et courut se préparer. Elle revint très vite, prête à partir; le plus gros de ses bagages lui serait expédié par la suite.

Ils partirent dans une des voitures confortables de la marquise et, durant les six kilomètres jusqu'à Chichester, Fenella ne cessa d'assurer le duc de son amour. Elle était de toute évidence désespérée de le quitter. Mais le duc ne trouva pas les mots qu'il fallait pour la réconforter.

Il l'embrassa une dernière fois dans la voiture, essayant de paraître aussi passionné qu'il aurait dû l'être en ce moment d'adieu.

Sur le quai, il lui fit un respectueux baisemain et Fenella monta s'installer dans son compartiment privé. Bientôt, le train s'ébranla et, tandis qu'il s'éloignait, le duc aperçut le ravissant visage de Fenella qui se penchait par la fenêtre pour lui sourire.

Il remit son chapeau et, d'un pas vif, retourna à l'endroit où la voiture l'attendait. Tout en s'installant confortablement, il se rendit compte que ce départ le soulageait plutôt. Il allait enfin pouvoir profiter pleinement des courses. Il se sentait même heureux, comme s'il venait de retrouver une liberté perdue depuis trop longtemps.

Ce déplacement à Chichester le contraignit à se hâter pour se changer et, lorsqu'il descendit à l'heure du dîner, il trouva toute la compagnie déjà assemblée dans le salon. Il n'eut donc pas le temps de demander à son hôtesse si le départ de Fenella n'avait pas trop bouleversé l'organisation du dîner. Et il ne sut qu'au dernier moment qui, à table, remplacerait Fenella à ses côtés.

— Je suis désolée, mon cher Ingram, que Fenella ait dû nous quitter, lui dit la marquise. Pour ce soir, je suggère qu'Aldora prenne sa place. J'ai cru comprendre que votre passion commune pour les chevaux vous unissait. Vous aurez certainement mille choses à vous dire.

Le duc était fort mécontent, mais il n'en laissa rien paraître. Il avait justement remarqué la très jolie femme du Lord Lieutenant, mariée pour la deuxième fois, et aurait de beaucoup préféré sa compagnie.

Mais il dut s'incliner. Aldora était d'ailleurs déjà à ses côtés et il n'eut d'autre solution que de lui offrir son bras.

— Catastrophe, murmura-t-elle.

Il eut l'impression désagréable qu'elle venait de lire dans ses pensées. Il se promit, néanmoins, de rester poli et de garder son calme, quoi qu'Aldora puisse dire.

Une fois à table, le duc échangea quelques plaisanteries conventionnelles avec son hôtesse, puis se tourna vers Aldora, espérant qu'elle ne se montrerait pas agressive et ne l'obligerait pas au ridicule face aux autres invités.

Il la trouva engagée dans une conversation animée avec le maître d'équipage local. Ils parlaient chevaux et la discussion s'envenimait. Le maître d'équipage, voyant que le duc s'était tourné dans leur direction, le prit à témoin.

— Venez à mon aide. Je perds du terrain avec Lady Aldora qui, bien qu'il me soit pénible de l'avouer, en connaît plus sur les chevaux que moi. Elle a aussi des idées révolutionnaires sur notre métier.

Le duc prit donc part à la discussion. Délibérément, il contredit tout ce qu'affirmait

Aldora mais se rendit compte bien vite, et à contrecœur, que c'était elle qui avait raison.

Après le dîner, lorsque tout le monde fut au salon, la marquise s'approcha du duc.

— Pouvez-vous m'accorder un instant, Ingram ? Je voudrais vous parler.

Le duc accéda à sa demande et la marquise glissa son bras sous le sien pour l'entraîner dans un petit salon très confortable et adjacent, qui lui était réservé. Cette pièce était très agréable, artistement décorée d'aquarelles et de bouquets de fleurs des champs. Ses grandes portes-fenêtres, ouvertes sur le jardin, laissaient entrer la brise de ce soir de juillet.

La marquise invita le duc à s'asseoir sur un canapé et, tandis qu'il s'installait à son aise, elle lui apporta un verre de brandy qu'il accepta volontiers.

— Vous êtes une hôtesse remarquable, la félicita-t-il.

— Merci. Quel dommage que Fenella ait été contrainte de partir si tôt, n'est-ce pas ? Cependant, cela me donne l'occasion de vous parler plus facilement en tête à tête.

Elle semblait hésiter à en dire plus.

Le duc but une gorgée de brandy et attendit.

— Je veux vous parler d'Aldora, avoua enfin la marquise.

Le duc se raidit. En dépit de la mise en garde d'Aldora, il n'avait pas cru une seconde à cette histoire de mariage. Pourquoi la marquise aurait-elle œuvré pour le rapprocher de Fenella si elle souhaitait qu'il épouse sa fille ? Tout cela lui paraissait inconcevable !

— Saviez-vous qu'Aldora est la filleule de la Reine ? reprit la marquise.

Le duc marmonna quelques mots de félicitations et la marquise reprit la parole :

— Je m'inquiète pour son avenir. A l'âge de vingt et un ans, Aldora entrera en possession d'une fortune considérable qui lui a été léguée par un autre parrain, décédé voilà cinq ans.

Elle jeta un coup d'œil vers le duc pour s'assurer qu'il écoutait.

— Aldora est très différente de mes deux autres filles et, bien que cela paraisse extraordinaire chez une fille si jeune, elle est d'une intelligence brillante. Et, de ce fait, elle nous pose beaucoup de problèmes.

Le duc regarda la marquise comme s'il n'arrivait pas à croire ce qu'il venait d'entendre.

— D'une intelligence brillante ?

— Elle parle déjà six langues, l'informa la marquise, et s'est maintenant mis en tête d'apprendre le russe. Elle a, de plus, un sens de la politique et des affaires mondiales qui, je le lui ai souvent répété, est presque incongru pour une si jeune fille.

Elle rit avec grâce avant de poursuivre :

— Cela mène parfois à des situations embarrassantes. Aldora paraît en savoir beaucoup plus que la plupart de nos hommes politiques. C'est très gênant.

Le duc eut soudain un doute. La marquise avait-elle toute sa raison ? Comment pouvait-elle surestimer sa fille à ce point ? Pourtant, elle était réputée pour son intelligence et son sens du discernement. Décidément, tout ce qui touchait Aldora, de près ou de loin, n'avait plus rien de rationnel.

— Je dois dire que vos révélations me surprennent, déclara-t-il franchement.

Et maintenant, qu'allait-elle dire ? se demanda-t-il, anxieux. Il pressentait que la situation allait devenir de plus en plus délicate.

— Lorsque j'ai parlé d'Aldora à notre chère souveraine, elle m'a répondu qu'elle avait déjà trouvé une solution et que celle-ci vous concernait.

— Me concernait ? répéta le duc en feignant la surprise.

— Il s'agit encore d'un secret, poursuivit-elle. Seuls les membres des Affaires indiennes sont au courant. Voilà : Lord Northbrook, le vice-roi, a donné sa démission et Sa Majesté pense, en raison du conflit qui oppose les Indes et l'Afghanistan, que vous seul pourriez le remplacer.

Le duc n'en croyait pas ses oreilles. Il resta un instant sans voix, regardant fixement la marquise, comme s'il s'attendait à ce qu'elle éclate de rire et avoue sa mauvaise plaisanterie.

Mais la marquise semblait tout à fait sérieuse.

— Vous prétendez que Sa Majesté a l'intention de m'offrir le poste de vice-roi des Indes ? put-il enfin articuler.

— Sans aucun doute. Et, comme vous le savez certainement, il est obligatoire que le vice-roi soit marié. Sa Majesté estime donc, vu la personnalité d'Aldora, qu'elle serait l'épouse idéale pour remplir les devoirs d'une telle position.

Pour la première fois de sa vie, le duc ne savait que dire. Jamais, même dans ses rêves les plus fous, il ne s'était imaginé devenir vice-roi des

Indes. C'était le poste le plus important auquel un homme pouvait prétendre. En effet, le vice-roi était l'égal sinon le supérieur des rois européens et il possédait bien plus de pouvoir que la plupart d'entre eux.

En tant que vice-roi, il régnerait sur des centaines de millions d'hommes et aurait à décider de tout ce qui concernait ce vaste pays. Avec son génie de l'organisation et du sens politique, il se sentait capable d'assumer cette tâche. Et la difficulté, loin de le rebuter, l'attirait terriblement. Il était sûr d'obtenir des succès qu'aucun autre vice-roi, et certainement pas Lord Northbrook, n'avait obtenus.

La Reine lui faisait un bien grand honneur en lui proposant ce poste, songea-t-il. Cela lui rappela aussitôt la condition qu'elle y avait mise : il devrait épouser Aldora.

Le duc revint soudain à une réalité beaucoup moins attrayante à ses yeux. La Reine et la marquise avaient-elles comploté pour lui faire accepter Aldora pour femme ? En tout cas, il était certain d'une chose : il ne pourrait ni discuter, ni tergiverser. Soit il acceptait cette condition, soit il renonçait au poste de vice-roi.

Il posa le verre qu'il tenait à la main, se leva et se dirigea vers la fenêtre ouverte. Le ciel, éclairé par la lune, scintillait de milliers d'étoiles, et leurs reflets argentés jouaient sur la surface du lac, comme autant de diamants.

Les Indes étaient loin... L'Angleterre ici, avec pour le duc un rang et une tâche plutôt enviables. Mais devenir vice-roi ! Aucun rang au monde ne pouvait être plus exaltant que celui-là.

C'était le rêve de tout homme. Un rêve de prestige, de richesse et surtout de puissance. C'était un défi. Le plus beau défi que le duc aurait jamais à relever.

— Vice-roi des Indes ! ne put-il s'empêcher de murmurer.

Ces mots résonnaient en lui comme une musique divine, irrésistiblement attirante. Mais à ces mots se superposèrent bientôt d'autres mots, haineux, méprisants : ceux qu'Aldora lui avait si impertinemment lancés au visage.

S'il l'épousait, sa vie deviendrait un véritable cauchemar ; elle l'avait averti. Le duc se retourna vers la marquise et, d'une voix qu'il aurait voulue plus ferme, demanda :

— En avez-vous parlé à votre fille ? Est-elle d'accord pour m'épouser ?

La marquise hésita avant de répondre. Et le duc vit dans cette hésitation la confirmation de ce qu'il savait déjà.

— Aldora est très jeune et, en dépit de son intelligence, a encore besoin d'être conseillée et dirigée. Elle vous épousera si je lui en donne l'ordre.

Le duc n'en était pas si sûr.

— Je crois, suggéra-t-il, qu'avant de vous donner ma réponse, il serait plus prudent que je m'entretienne avec Lady Aldora et lui demande son consentement. Épouser une femme malgré elle n'est pas du tout dans mes intentions.

La marquise prit le temps de réfléchir avant de déclarer :

— Très bien. Je vais envoyer chercher Aldora pour que vous puissiez lui parler. Mais je vous préviens qu'elle est assez étrange. J'ai moi-même souvent du mal à la comprendre. Je compte sur vous, mon cher Ingram, pour la convaincre. D'ailleurs, quelle femme vous résisterait ? conclut-elle en lui adressant son plus charmant sourire.

Elle le flattait délibérément mais était aussi tout à fait sincère. Et le duc comprit avec désolation que la marquise était loin de connaître sa propre fille.

— Inutile d'ajouter, poursuivit-elle en se levant, quel plaisir ce sera pour moi de vous avoir pour gendre.

Elle soupira.

— Le bonheur de l'Inde sera notre malheur car vous nous manquerez beaucoup. Mais je suis certaine que vous ferez un excellent vice-roi, pour le plus grand bien de notre cher empire.

Ce compliment toucha le duc. Il s'avança vers la marquise et lui baisa la main.

— Vous avez toujours été bonne pour moi, dit-il. Et le plaisir de m'allier à votre famille vaut bien que je perde ma liberté.

La marquise sourit.

— Merci, Ingram. Je suis sûre que vous ne le regretterez pas.

Sur ces mots, elle quitta la pièce.

Le duc sortit sur la terrasse pour réfléchir à la faveur de la nuit. Sa tâche ne serait pas facile s'il devenait vice-roi des Indes.

Il aurait en particulier à résoudre une affaire délicate dont Lord Northbrook s'était très mal sorti, deux ans auparavant. La marquise y avait fait allusion. L'affaire se résumait ainsi :

Sher Ali, l'un des nombreux fils du précédent

souverain, s'était hissé sur le trône, sans l'aide des Britanniques et était devenu Amir de Kaboul, la capitale de l'Afghanistan.

Sher Ali soutint son peuple, fier et indépendant, et écarta la Russie et l'Angleterre qui, toutes deux, manœuvraient pour étendre secrètement leur influence sur son pays.

Les Russes devenant plus menaçants, Sher Ali crut sage de se placer sous la protection de l'une ou l'autre de ces deux grandes puissances. Il choisit l'Angleterre et expédia un envoyé spécial à Lord Northbrook. Cet envoyé était porteur d'un traité par lequel Sher Ali déclarait son allégeance aux Britanniques, sous quelques conditions. Les Anglais devaient lui garantir une aide financière, s'engager à reconnaître son plus jeune fils, son préféré, comme héritier du trône et lui porter assistance en cas d'invasion russe.

Le gouvernement Gladstone ordonna cependant à Lord Northbrook de refuser ces propositions et de réprimander Sher Ali pour avoir voulu déshériter son fils aîné.

Sher Ali se tourna donc aussitôt vers les Russes.

Cette erreur diplomatique coûta un grand nombre de vies aux Anglais, sur la frontière dangereuse du Nord-Ouest.

Tout ce que le duc avait lu sur la situation en Inde lui revenait à présent à l'esprit et il se demandait comment il agirait envers Sher Ali à l'avenir. L'ouverture diplomatique était nécessaire.

Il était si absorbé par ses pensées qu'il sursauta lorsque la porte de la pièce s'ouvrit et qu'Aldora fit son apparition.

Il vit tout de suite, à l'expression de ses yeux, que l'orage ne tarderait pas à éclater. Elle ferma la porte derrière elle et attaqua aussitôt :

— Inutile de vous demander pourquoi on m'envoie vers vous ! Vous n'avez pas dit à Maman que vous n'aviez pas l'intention de m'épouser ?

— Je veux vous parler d'abord, Aldora.

— Nous n'avons rien à nous dire. Je vous déteste et je vous méprise. J'ai horreur de la façon dont vous vous conduisez avec les femmes, et je préférerais mourir que de devenir votre épouse.

— Laissez-moi au moins vous expliquer ce qui m'a été suggéré. Je crois que cela peut vous intéresser.

— Rien de ce qui vous concerne ne m'importe, répliqua Aldora. Je devine que la proposition de ma mère sert vos intérêts, sinon je ne serais pas là, forcée de vous écouter. Mais je veux que vous sachiez clairement ceci : vos intérêts ne sont pas les miens et je ne vous épouserai pas, même si vous deviez me traîner contre mon gré devant l'autel.

— Pour l'amour du ciel ! s'exclama le duc. Allez-vous vous taire ? Pourrions-nous, au moins une fois, discuter de manière rationnelle ?

— Il n'y a rien à discuter, répliqua fermement Aldora. Je vous déteste ! hurla-t-elle avant de s'enfuir en courant dans le jardin.

Le duc était furieux. Il n'arriverait jamais à rien avec Aldora. Pour la première fois de sa vie, il éprouvait un sentiment fort désagréable d'impuissance devant une femme.

« La marquise devra parler elle-même à sa fille ! décida-t-il. Je ne m'abaisserai plus devant cette chipie ! »

Il termina son brandy puis se dirigea lentement vers le grand salon où tout le monde jouait aux cartes. La marquise parlait à l'un de ses invités mais avait l'air préoccupé. Lorsqu'elle vit le duc, elle le regarda avec insistance, attendant un signe de sa part. Il secoua la tête négativement.

Elle fronça les sourcils mais, avec son tact habituel, ne laissa pas davantage paraître son inquiétude.

Un peu plus tard, les invités prirent congé de la marquise. Le duc fut le dernier à se retirer.

— Qu'est-il arrivé ? lui demanda-t-elle à voix basse.

— Votre fille n'a pas voulu m'écouter. Mais vous deviez être au courant de son aversion déraisonnable à mon égard, n'est-ce pas ?

La marquise poussa un soupir.

— Je m'en doutais, je l'avoue.

— Je ne puis donc rien faire, conclut le duc, exaspéré. Vous seule pourriez la ramener à la raison.

— Je m'y efforcerai, répondit la marquise.

Mais elle semblait peu convaincue de pouvoir réussir. Elle traversa le vestibule et monta les escaliers suivie du duc qui se dirigea vers la bibliothèque. Il se sentait incapable de dormir après tous ces événements fâcheux.

Le duc avait emporté un journal dans sa chambre et lisait au lit lorsqu'on frappa à la porte.

— Entrez, fit-il automatiquement.

La porte s'ouvrit, et, à sa surprise, il vit la marquise entrer et fermer la porte derrière elle. Il constata avec étonnement qu'elle était en négligé et portait un petit bonnet de dentelle.

— Aldora s'est enfuie et je ne sais que faire, déclara-t-elle, visiblement anxieuse.

Le duc se redressa.

— Enfuie ? En êtes-vous sûre ?

La marquise s'assit dans un fauteuil à proximité du lit.

— Avant de m'endormir, j'ai réfléchi, et j'ai pensé qu'il serait préférable que je parle tout de suite à Aldora. Je me suis donc rendue dans sa chambre et j'ai découvert qu'elle s'était changée. Sa robe du soir était par terre. Je suis persuadée qu'elle a mis sa tenue de cheval. Je ne savais que faire lorsque j'ai aperçu un mot, posé sur son oreiller. Le voici.

Elle déplia une feuille de papier et se mit à lire à haute voix :

Je n'épouserai pas cet homme abominable. Je m'en vais donc et vous ne pourrez pas me retrouver. Alors n'essayez pas.

Aldora.

La voix de la marquise trembla lorsqu'elle lut le dernier mot. Elle regarda le duc avec désespoir.

— Où peut-elle être ? Que pouvons-nous faire ?

Le duc se souvint des paroles d'Aldora, lors de leur première rencontre.

— Il est possible qu'elle essaie d'aller en France, dit-il, songeur.

— En France ? s'exclama la marquise. Mais elle ne connaît personne là-bas. Que deviendra-t-elle ? Il faut que nous l'en empêchions.

Le duc pensait que ce ne serait pas facile. Et la marquise poursuivit, comme si elle se parlait à elle-même :

— Imaginez le scandale si les journaux l'apprennent, surtout s'ils découvrent la raison de son départ précipité.

La marquise avait raison. Quelle humiliation si l'on apprenait qu'Aldora s'était enfuie pour éviter de l'épouser !

— Quelqu'un d'autre est-il au courant de ce que vous m'avez dit ce soir ? demanda-t-il.

La marquise eut l'air gêné.

— Je n'ai parlé des Indes à personne : la Reine m'a fait jurer de garder le secret.

— Mais vous avez parlé de mon possible mariage avec Aldora.

— J'y ai fait allusion... devant un ou deux de mes amis les plus intimes.

Le duc savait ce que cela signifiait : toute la Cour serait bientôt au courant. Il réfléchit un long moment avant de déclarer :

— Bon. Il ne faut pas perdre de temps. Je vais essayer d'empêcher Aldora d'atteindre la France. Je suppose que le port le plus proche est Chichester ?

— Oui. Et il s'y trouve en effet des bateaux prêts à traverser la Manche.

— Mon propre yacht y est ancré, lui apprit le

duc. Je pensais y passer quelques jours en partant d'ici.

— Si Aldora a déjà traversé la Manche... murmura la marquise avec effroi.

— Si c'est le cas, nous n'avons aucune chance. La France est un vaste pays.

— Hâtez-vous, je vous en supplie, dit la marquise d'un ton pressant. La pauvre enfant n'a aucune idée des dangers qu'elle court en voyageant toute seule.

Elle essuya une larme qui venait de couler sur sa joue.

— Je m'en veux de ne pas lui avoir mieux expliqué la situation, mais je pensais que vous le feriez.

Le duc pensa que l'heure n'était plus aux lamentations.

— Si je veux avoir une chance de la rattraper, il faut que je parte immédiatement, déclara-t-il avec fermeté.

— Oui, bien sûr. Je vous en prie, ramenez-la saine et sauve. Et que personne ne sache ce qui est arrivé, dit-elle en quittant la chambre.

— Je ferai de mon mieux, soupira-t-il, une fois seul.

4

Le duc entra dans les écuries et, comme il s'y attendait, il n'y avait personne à cette heure tardive de la nuit. Les palefreniers logeaient dans le grenier au-dessus. Aussi, le duc appela-t-il dans l'escalier et, quelques instants plus tard, un de ses valets descendit tout en finissant de s'habiller.

— Selle *Samson* immédiatement, dit le duc en se dirigeant vers le box de l'étalon.

Il fallut presque cinq minutes pour seller et brider *Samson* et le duc s'impatientait. Chaque seconde comptait désormais.

Juste avant de se mettre en selle, il se tourna vers son valet.

— Lady Aldora a dû prendre un cheval, tout à l'heure. L'as-tu entendue ?

Le garçon hésita.

— Je ne savais pas que c'était elle, Votre Grâce, mais j'ai bien entendu quelqu'un sortir un cheval dans la cour.

— Il y a combien de temps ? demanda le duc avec impatience.

— Oh, environ une demi-heure, Votre Grâce.

Le duc sauta en selle et partit. Heureusement, il n'avait pas monté *Samson* ce matin-là, si bien que l'étalon était reposé et prêt à fournir l'effort qu'il lui demanderait.

Pour être venu si souvent à Goodwood, le duc connaissait parfaitement la campagne environnante. Dès qu'il fut sorti du parc, il prit tout droit à travers champ en direction du sud, vers le port de Chichester. Et, tout en chevauchant à vive allure, il se demanda si Aldora avait pu trouver un bateau en partance pour la France. Sinon, elle avait certainement poursuivi son chemin jusqu'à Plymouth, où des bateaux faisaient régulièrement la navette entre la France et l'Angleterre.

Le duc connaissait bien le port de Chichester et avait surtout admiré les magnifiques yachts privés qui y mouillaient. Jusqu'au jour où lui-même avait fait l'acquisition d'un yacht et avait élu Chichester comme port d'ancrage. Cet endroit paisible avait l'avantage de se trouver à proximité des demeures de la plupart de ses amis.

Ainsi qu'il l'avait dit à la marquise, il avait eu l'intention, la Saison de Londres étant finie, de passer quelques jours à bord de son yacht, après les courses de Goodwood. Ce bateau, tout comme ses chevaux, ferait l'envie de tous ; il le savait. Et il s'était réjoui à l'idée de le montrer à ses amis dès qu'il l'aurait essayé pour vérifier que tout fonctionnait parfaitement. Mais ses plans venaient d'être quelque peu contrariés. C'était un comble ! pensa-t-il. La première fois qu'il partirait en mer avec son yacht, ce serait pour poursuivre Aldora jusque de l'autre côté de la Manche ! Cette jeune fille exaspérante l'avait vraiment mené à des extrémités révoltantes !

Il regretta une fois de plus qu'elle ait été si mal élevée. Car c'était bien là la cause de tous ses ennuis. Si la marquise s'était un peu mieux occupée de sa fille, il n'aurait pas aujourd'hui à aller la chercher pour sauver l'honneur de sa famille.

Furieux contre la marquise, il maudit aussi son indiscrétion. N'aurait-elle pas pu garder le secret sur ce projet de mariage hypothétique ?

— Si j'avais un brin de bon sens, dit-il tout haut, j'irais trouver la Reine pour lui expliquer qu'il m'est absolument impossible d'épouser Aldora. Et je lui promettrais de trouver une autre femme dans les plus brefs délais.

Mais il savait que la Reine ne l'écouterait pas. Sa Majesté avait dû être abreuvée d'histoires sur les prétendues capacités intellectuelles d'Aldora et ne comprendrait pas la cause de son refus.

Mortifié, il imagina soudain les ragots qui courraient, si on découvrait qu'une simple écolière l'avait insulté par son mépris et s'était ensuite enfuie pour éviter de l'épouser. Personne ne croirait une histoire aussi invraisemblable. Mais la vérité était certainement le dernier souci des médisants. Le duc se voyait donc déjà faisant son entrée au White's ou dans un de ses autres Clubs, et être la cible des commérages.

— Bon sang ! s'exclama-t-il. Je l'épouserai ! Et je lui montrerai qu'on ne se moque pas de moi impunément !

Abasourdi, il réalisa la portée de ses propres paroles. Était-ce possible ? Le duc de Wydeminster, connu pour sa désinvolture avec les femmes, avait-il vraiment l'intention de se marier avec une jeune chipie qui le haïssait ?

— Je suis en train de devenir aussi fou qu'elle, conclut-il, rageur.

Il éperonna *Samson* pour le faire accélérer. Heureusement, la lune, presque pleine, éclairait sa route et, comme le terrain lui était familier, il avançait rapidement. La brise, de plus en plus chargée d'air salin, lui apprit qu'avant peu il apercevrait la mer.

Soudain, un coup de tonnerre lointain se fit entendre. A l'horizon, une bande de nuages menaçants s'avançait. Bientôt, des éclairs zébrèrent le ciel et le tonnerre se rapprocha dangereusement. La pluie se mit à tomber à verse.

Le duc commença à s'inquiéter, d'une part parce qu'il n'était pas vêtu pour la circonstance, d'autre part parce que *Samson* détestait le tonnerre. En effet, le cheval ruait sous les coups de cravache du duc et, lorsque la pluie devint torrentielle, il ralentit l'allure pour finalement ne plus avancer du tout.

Cette partie du Sussex était connue pour ses orages occasionnels, d'une violence effrayante. Lors de l'un d'eux, le clocher de la cathédrale de Chichester avait été foudroyé et son sommet détruit. Une autre fois, lors d'une violente tempête, tout le clocher s'était effondré. Cela avait été tragique et spectaculaire car le clocher avait soudain disparu, s'écroulant sur lui-même et tombant à l'intérieur de la cathédrale.

Le duc se trouvait à Goodwood, lorsque, en 1865, le duc de Richmond avait posé la première pierre du nouveau clocher. A présent, la tempête s'annonçait terrible et il se demanda si celui-ci résisterait aux éléments.

Les coups de tonnerre éclataient maintenant tout près de lui et *Samson* se refusait toujours à avancer. Le duc s'attendait au pire, lorsqu'il aperçut le toit d'une maison devant lui. Il décida aussitôt d'aller y chercher refuge, espérant que ses habitants lui ouvriraient malgré l'heure tardive. Avec quelque difficulté, il fit avancer *Samson* jusqu'au bâtiment et découvrit en l'atteignant qu'il s'agissait d'une auberge.

Il y avait une cour et, à la lueur d'un éclair, il découvrit des écuries rudimentaires. Peu importait : il savait que *Samson* serait content d'y trouver un abri. Il mit pied à terre, ouvrit la porte branlante et conduisit le cheval à l'intérieur.

L'écurie sentait mauvais et il jugea qu'elle devait être sale. Un nouvel éclair lui dévoila une rangée de boxes. Celui d'en face était vide et un cheval occupait le suivant. Il constata qu'il y avait du foin dans la mangeoire et de l'eau dans un seau. Il retira la bride de l'étalon mais lui laissa la selle, dans l'espoir que l'orage passerait rapidement et qu'il pourrait reprendre sa route.

Il referma la porte du box, suspendit la bride à un crochet et traversa la cour, sous la pluie battante, jusqu'à l'auberge.

Il y avait de la lumière aux fenêtres. Un autre voyageur pris par la tempête était certainement lui aussi venu chercher refuge.

Le duc frappa à la porte avant d'entrer et enleva son chapeau, faisant tomber une cascade d'eau par terre. Avec soulagement, il remarqua aussitôt le grand feu qui crépitait dans la cheminée.

Il se dirigea vers la chaleur de l'âtre et s'aperçut alors seulement que quelqu'un était installé dans un fauteuil, dos à la porte. Des cheveux blonds, qu'il reconnut sans mal, dépassaient du dossier. Il venait de retrouver Aldora.

De toute évidence, elle n'était pas intéressée par l'arrivée du nouveau venu. Ce n'est que lorsqu'il s'avança jusqu'à la cheminée et approcha ses mains du feu qu'il la vit sursauter et agripper les accoudoirs du fauteuil.

— Je suppose, dit le duc en rejetant les cheveux mouillés de son front, que votre cheval apprécie aussi peu l'orage que *Samson*. Je l'ai difficilement amené jusqu'à l'écurie.

Il parlait très naturellement, comme si la situation était habituelle.

— Que... faites-vous ici ? demanda Aldora, d'un ton beaucoup moins assuré que le sien.

Le duc posa son chapeau par terre et se mit à déboutonner son manteau.

— Avant que nous ne recommencions à nous disputer, me permettriez-vous d'enlever mon manteau et de le mettre à sécher devant le feu ? Je ne tiens pas du tout à attraper froid.

Tout en parlant, il aperçut la veste d'Aldora, étendue sur une chaise à côté de la cheminée, et à en juger par la vapeur qui s'en dégageait, il devina qu'elle était aussi trempée que lui.

Elle ne répondit pas et il ôta son manteau, constatant alors que l'eau avait traversé l'épais tissu et que le haut de sa chemise blanche était aussi mouillé. Il suspendit son manteau, puis se tourna vers Aldora.

— Y a-t-il une chance de se faire servir quelque chose à boire, ici ?

Il examina les lieux. Dans des circonstances normales, ni lui ni Aldora n'auraient songé à se rendre dans un tel endroit. Le plafond était soutenu par de lourdes poutres, le sol recouvert d'un carrelage sale et par endroits de carpettes usées, sans doute encore plus sales. Les fauteuils en bois et les sièges cannelés avaient bien besoin d'être remis à neuf. Bref, l'ensemble offrait un spectacle peu avenant.

Comme pour répondre à sa question, un homme apparut dans l'embrasure de la porte donnant sous l'escalier. Il s'agissait, sans doute possible, de l'aubergiste. D'une taille imposante et d'un aspect négligé, il ne détonnait pas du tout dans ces lieux. Il s'était visiblement habillé à la hâte car sa chemise était ouverte au col et sa culotte défaite aux genoux. De toute évidence, il était impressionné par l'apparence du duc et il s'avança vers eux en demandant, d'un ton presque servile :

— Que puis-je faire pour vous, Sir ?

Avant que le duc ne réponde, Aldora lui dit, en français, pour que l'aubergiste ne puisse pas comprendre :

— Je suis sûre que seul le brandy ne vous empoisonnera pas : notre hôte n'a sûrement payé aucune taxe dessus.

Le duc sourit puis se tourna vers l'aubergiste.
— Je boirais volontiers un verre de brandy, si vous en avez, mais apportez-moi la bouteille.
Il s'assurait ainsi de la qualité de ce qu'on lui apporterait.
— Tout de suite, Sir, dit l'aubergiste en s'empressant de repartir.
Le duc se retourna et aperçut un tabouret de bois, à côté d'Aldora, sur lequel était posé un verre.
— Est-ce du brandy ? demanda-t-il.
— Oui, et il est très bon. Pourtant, je n'ai pas pris la précaution de demander la bouteille, comme vous. J'y songerai, la prochaine fois.
— Vous pensez donc qu'il y aura une autre fois ? s'étonna le duc. Vous ne devez pourtant pas apprécier de voyager par un temps pareil. En tout cas, moi, ça ne me plaît pas du tout !
— Ce n'est tout de même pas ma faute s'il y a eu un orage ! répliqua-t-elle vivement. Et d'ailleurs, je ne vous ai pas demandé de me suivre ! Comment avez-vous découvert que j'étais partie ?
— Votre mère est allée dans votre chambre pour vous parler.
Aldora haussa les sourcils.
— C'est étrange. D'habitude, elle attend toujours le lendemain matin pour venir me faire la morale.
— Elle considérait que c'était très sérieux.
— Pourquoi ?
— Parce que votre refus de m'épouser causera certainement un scandale et fera de moi la risée de tout le monde, voilà pourquoi. Et pour

couronner le tout, voilà que vous vous enfuyez ! Avez-vous seulement songé aux conséquences de votre acte ?

Aldora se tut pendant un moment et parut réfléchir.

— Je n'avais pas vu les choses sous cet angle-là, je l'avoue...

Le duc était sur le point de l'interrompre lorsque l'aubergiste revint, portant la bouteille de brandy et un verre, sur un plateau de bois.

Le duc se rendit vite compte, à l'aspect de la bouteille, qu'Aldora avait raison : il s'agissait bien d'alcool de contrebande. La contrebande était devenue un passe-temps national durant les guerres napoléoniennes et restait un phénomène courant sur la côte sud de l'Angleterre. Les douaniers faisaient de leur mieux pour l'endiguer, mais il était impossible de surveiller avec succès toutes les baies, ports et embouchures de rivières de la région.

Le duc prit le plateau des mains de l'aubergiste.

— Cela fera une guinée, Sir, dit l'homme avec appréhension.

C'était un prix exorbitant, le duc le savait, mais il prit un billet dans la poche de son gilet et le tendit à l'aubergiste. Celui-ci se hâta de disparaître sans demander son reste.

La bouteille avait été entamée. Sans doute le verre qu'on avait servi à Aldora, songea le duc.

— Puis-je vous resservir ? proposa-t-il.

— Je ne tiens pas à être ivre, répondit-elle d'un ton ferme. J'ai encore de la route à faire, ne vous en déplaise.

— Il vaut mieux être ivre qu'enrhumé, nota le duc sans relever la provocation.

Cette réponse inattendue la fit rire. Considérant ce mouvement de bonne humeur comme une trêve, il lui remplit son verre, puis le sien, et s'assit dans un fauteuil à côté d'elle, face au feu.

— On est bien mieux ici qu'au milieu de la tempête, déclara-t-il d'un ton léger.

Aldora garda le silence, visiblement gênée, puis demanda, hésitante :

— Vous... ne pouvez pas me contraindre... à rentrer avec vous, n'est-ce pas ?

— Cela me paraît difficile, en effet. A moins que... vous ne tombiez ivre morte.

Elle rit à nouveau et son visage s'éclaira, pétillant de charme.

— J'imagine les titres des journaux à scandale : *Le duc rattrape l'héritière en fuite et la ramène, inconsciente, à sa mère éplorée.*

Elle l'observa et, voyant qu'il semblait se trouver dans de bonnes dispositions, elle s'enhardit à demander :

— Je suppose que Maman ne pleurait pas ?

— Non, elle était surtout inquiète de la réaction de la Reine si jamais elle apprenait votre fugue.

— La Reine ? Je ne comprends pas.

— Sa Majesté souhaite que je vous épouse, expliqua calmement le duc.

Aldora sursauta presque de surprise.

— Maman a demandé à la Reine de me trouver un mari ? s'exclama-t-elle.

— Je ne vois pas ce qu'il y aurait d'aussi extraordinaire à cela. Après tout, vous êtes la filleule de la Reine.

Il se tut quelques instants avant d'ajouter :

— En fait, vous ne faisiez que vous ajuster aux plans que la Reine dressait pour moi.

— Pour vous ? répéta Aldora, piquée de curiosité.

— Oui. Elle veut me nommer vice-roi des Indes.

Une fois de plus, Aldora le regarda avec étonnement.

— Je ne vois pas en quoi cela me concerne.

— Un vice-roi doit être marié.

— Et si je ne consens pas à vous épouser ?

— Sa Majesté nommera quelqu'un d'autre à ma place.

— Je n'en crois pas un mot. Vous inventez.

— Je vous jure que c'est la vérité. Et j'avais l'intention de tout vous expliquer, ce soir, si vous aviez consenti à m'écouter.

Aldora poussa un profond soupir.

— Je n'ai jamais rien entendu de si monstrueux. Ma mère, vouloir que je sois la femme d'un vice-roi ! Elle ne se rend pas compte de ce que cela signifie.

— Votre mère est extrêmement intelligente, et il me semble normal qu'elle ait de l'ambition pour vous.

— C'est vrai, concéda Aldora. Elle est parvenue à trouver un prince pour Mary et un riche comte pour Phoebe. Mais un vice-roi pour moi, ça je ne l'aurais jamais cru !

— En fait, cette initiative vient entièrement de la Reine, rectifia le duc.

Il se reversa un verre de brandy. L'alcool, peu à peu, l'avait réchauffé et détendu. Et sa colère contre Aldora s'était presque dissipée.

— Je me demande, dit celle-ci d'un air songeur, si vous étiez destiné à devenir vice-roi et si vous méritez vraiment ce titre.

Le duc fut piqué au vif par cette réflexion pour le moins insolente.

— Votre fameux don de double vue devrait vous donner la réponse, répondit-il sèchement.

— Il est parfois difficile de cerner la nature humaine, déclara-t-elle. Mais, par contre, je sais à quoi m'en tenir en ce qui concerne les Indes.

— Vraiment ?

— Oui. C'est un pays que j'ai toujours rêvé de connaître. Il me correspond tout à fait. Ses traditions m'attirent.

Sa voix était douce, à présent, sans plus aucune trace d'agressivité.

— Vous faites allusion aux religions indiennes ? la questionna le duc. Au bouddhisme, par exemple ?

— Oui. Le bouddhisme et les Veda, les livres secrets cachés dans les temples et les palais. Et aussi les secrets enfouis dans les cœurs de ces gens étranges et imprévisibles que leurs conquérants ne sont pas près de comprendre.

— Vous exagérez. Ce peuple n'est pas aussi hermétique que vous semblez le croire.

— Pourtant, bien des hommes d'État, comme Lord Northbrook par exemple, n'ont pas la moindre idée de ce que les hindous pensent vraiment. De plus, ils ne croient pas en leurs dieux, vénérés depuis la nuit des temps. Ils bafouent leurs coutumes et leurs rites. Comment pourraient-ils les comprendre ?

Elle parlait avec une telle passion que le duc tourna la tête pour la regarder, surpris.

— Je me suis toujours juré, poursuivit Aldora comme si elle se parlait à elle-même, d'aller un jour vivre aux Indes. J'ai envie d'en savoir plus sur ce peuple fascinant. J'ai même commencé à apprendre leur langue.

Le duc se souvint de la conversation qu'il avait surprise entre elle et l'ambassadeur. Ainsi, Aldora était totalement fascinée par les Indes... Il avait du mal à le croire. Ne lui jouait-elle pas une comédie, dans le but de l'impressionner ?

— Si ce que vous dites est vrai, déclara-t-il, je ne comprends pas votre réticence à accepter la proposition de la Reine. Voilà pour vous l'occasion rêvée de partir vivre aux Indes.

— En... votre compagnie.

L'implication était évidente. Le duc but une autre gorgée de brandy avant de rétorquer :

— Exactement. Et, à ce propos, j'aimerais vous poser une question. Pouvez-vous m'expliquer pourquoi vous me détestez au point de vous enfuir ? Vous êtes prête à quitter votre famille, partir à l'aventure et courir les pires dangers... rien que pour m'éviter. Suis-je aussi abominable à vos yeux ?

— Je n'ai pas peur de vivre seule, répliqua Aldora d'un air de défi.

— Permettez-moi d'en douter. Mais vous n'avez pas vraiment répondu à ma question, insista-t-il.

— Parce que je n'en ai pas l'intention. Trouvez vous-même la réponse, le défia-t-elle.

— Je pourrais le faire si nous nous connaissions davantage, mais ce n'est pas le cas.

Il la regarda droit dans les yeux.

— Allons, Aldora, faites-moi au moins la faveur d'être franche.

— Vous n'aimerez pas ce que j'ai à dire.

— C'est un risque que je suis prêt à prendre.

— Très bien, dit Aldora.

Elle but une autre gorgée de brandy comme pour se donner du courage, puis déclara :

— Il faut d'abord que je vous parle de moi.

— Je suis curieux de tout apprendre, même si cela doit être en ma défaveur.

Il eut l'impression de la voir sourire, comme si elle était satisfaite de l'avoir rendu inquiet.

— Maman a toujours été très ambitieuse pour moi et mes sœurs, commença-t-elle enfin. Papa était différent.

Au ton de sa voix, le duc comprit qu'elle avait adoré son père.

— Vous semblez beaucoup l'aimer, remarqua-t-il pour l'encourager dans ses confidences.

— Oui, beaucoup. C'est lui qui m'a appris à réfléchir, à travailler et à comprendre que le savoir était nécessaire. Il m'a élevée comme il aurait élevé un fils. Mais il est mort à présent. Et avec Maman ce n'est pas pareil. Elle ne songe qu'à ma position sociale et son seul but est de me voir mariée avec un homme de haut rang, comme mes sœurs.

Sa voix se durcit.

— Mary fut contrainte d'épouser le prince Frederick de Guttenberg, alors qu'elle le détestait. Il est pompeux, stupide et convaincu que les femmes sont des créatures inférieures, destinées à être dominées par les hommes.

Aldora se tut et poussa un profond soupir.

— Mary est malheureuse, piégée dans un mariage dont elle ne pourra jamais s'échapper.

— Je doute que l'intention de votre mère soit de rendre ses filles malheureuses, objecta le duc.

— Non, bien sûr. Mais quand Frederick a demandé la main de Mary, Maman n'a pas eu le courage de refuser. C'était pour elle l'occasion inespérée de faire de sa fille une princesse.

Le duc ne savait que dire. Aldora semblait si révoltée... Et il devait admettre qu'elle avait des raisons de l'être.

— Phoebe était amoureuse d'un jeune gentilhomme campagnard, poursuivit-elle. Mais Maman refusa qu'elle continue à le voir et lui fit épouser le très riche comte de Fenwick, qui possédait de vastes domaines, et dont le titre remontait au XIIIe siècle.

La voix d'Aldora était à nouveau pleine d'amertume.

— C'est un ivrogne incorrigible. Il se montre souvent violent envers Phoebe et est vraiment indigne d'elle.

Le duc avait du mal à croire ce qu'il venait d'entendre. Pourtant, il se souvenait avoir vu la princesse de Guttenberg, l'année précédente à Buckingham Palace, et avoir remarqué qu'elle paraissait malade et malheureuse. Il avait aussi entendu parler de la conduite inqualifiable du comte de Fenwick et de son exclusion de plusieurs Clubs.

Il connaissait bien la marquise et son sens de la justice. Avait-elle vraiment forcé ses filles à épouser des maris aussi indésirables ? En fait, réfléchit-il, elle avait été obligée d'obéir aux lois de son milieu : dans le grand monde, les mères choisissaient le meilleur parti pour leur fille. L'honneur et l'avenir étaient ainsi assurés, mais hélas pas toujours le bonheur...

— Vos sœurs n'ont pas eu de chance, remarqua-t-il. Je comprends que vous n'ayez aucune envie de suivre leur exemple.

Aldora fit un petit mouvement de la tête comme si elle prenait note de ce qu'il venait de dire.

— Et maintenant, puisque vous tenez tant à savoir la vérité, je vais vous dire pourquoi je n'ai aucune intention de vous épouser.

— Je vous écoute, dit le duc d'un ton grave.

— Vous l'avez peut-être oublié, mais il y a trois ans, Lady Lawson est venue à Berkhampton, *après avoir été très malade.*

Le duc se raidit soudain.

Il se souvenait de Lady Lawson — bien entendu.

Eleinor Lawson, après qu'il l'eut quittée, avait souffert au point de s'en rendre physiquement malade. Il n'avait pas eu l'intention de la rendre aussi malheureuse mais, peu après avoir engagé une liaison avec Eleinor, il avait compris qu'il venait de commettre une grave erreur.

Elle était très belle et, à vingt-cinq ans, avait

atteint l'apogée de sa gloire à la Cour, en grande partie grâce à son mari.

Lord Lawson était un gentilhomme d'une dignité et d'une présence considérables. De plus, il jouissait d'une immense fortune et avait poursuivi une carrière militaire brillante.

Très amoureux d'Eleinor, de vingt-cinq ans sa cadette, il avait demandé sa main à ses parents. Ceux-ci, de très bonne naissance, mais dépourvus de fortune, saisirent aussitôt cette trop bonne occasion et acceptèrent.

Eleinor donc, dans l'innocence de sa jeunesse, s'était retrouvée mariée à un homme assez âgé pour être son père, sans avoir la moindre notion de ce que cela impliquerait.

Au début, son rang, les merveilleuses robes et les bijoux que lui offrait son mari lui donnèrent l'impression de vivre un conte de fées. Puis, lorsque Lord Lawson dévoila son caractère rigide et exigea que sa femme se plie à ses moindres volontés, Eleinor était devenue indocile. Il ne lui fallut pas longtemps pour se rendre compte du pouvoir de sa beauté sur les hommes. Et elle l'utilisa du mieux qu'elle put.

Le duc ne fut donc pas le premier amant d'Eleinor mais, malheureusement, c'est de lui dont elle tomba amoureuse. D'une telle nature passionnée, elle poussa son amour pour lui à l'extrême, allant même jusqu'à perdre la notion des réalités et de la bienséance. Toute à sa passion, elle se moquait de tout le reste. Et le duc ne tarda pas à s'effrayer de cette impétuosité qui menaçait sa tranquillité et sa réputation.

Il tenta donc de freiner les ardeurs d'Eleinor, de la convaincre de se montrer plus discrète, mais rien n'y fit. Eleinor l'aimait aveuglément, de façon presque maladive. Elle le voulait tout à elle, ne lui accordait pas le moindre moment de liberté, se permettait de lui faire des reproches et de se montrer jalouse, parfois même en public.

Le duc, ne supportant plus cette situation, ne vit qu'une solution : se détacher d'Eleinor, définitivement. Il crut ainsi éviter le scandale qu'il sentait imminent. Mais c'était sans compter la sensibilité d'Eleinor.

Elle réagit à cette rupture de telle manière que toute la Cour fut au courant. Comment, en effet, n'aurait-on pas remarqué ses yeux rougis par les larmes et son teint livide lorsqu'elle apparaissait en public ? Bientôt, d'ailleurs, on ne la vit plus : sa maladie, dont on ne savait au juste en quoi elle consistait, la contraignit à garder le lit.

Le duc ressentit une grande compassion à son égard, mais il ne voulut ni lui écrire ni lui envoyer de fleurs : mieux valait éviter de renouer le contact et de risquer ainsi de la faire davantage souffrir. Il s'arrangea au mieux pour ne plus risquer de la rencontrer.

Quelque temps plus tard, il apprit qu'Eleinor s'était retirée à la campagne pour sa convalescence. Mais il ignorait que c'était à Berkhampton.

— Lady Lawson m'a raconté, poursuivit Aldora, combien elle vous aimait et à quel point vous avez été cruel avec elle, refusant de la revoir. Elle pleurait toutes les larmes de son corps.

La peine qu'éprouvait Aldora était évidente et le duc pensa qu'Eleinor n'aurait pas dû se confier à une si jeune fille. Mais on devait s'attendre à tout de la part d'Eleinor.

— J'ai essayé de lui venir en aide, ajouta Aldora, mais elle ne faisait que pleurer et répéter que vous lui aviez brisé le cœur et qu'elle voulait mourir.

Le duc serra les lèvres.

Eleinor n'était pas morte. En fait, une fois rétablie, elle avait retrouvé son mari... et ses nombreux amants.

Le duc avait dernièrement entendu parler d'elle : elle était à Paris et s'affichait ouvertement avec un marquis français qui la couvrait de diamants.

Il fut tenté de se disculper en racontant tout ceci à Aldora, mais y renonça : elle ne le croirait pas et ne le détesterait que davantage.

— En écoutant Lady Lawson, poursuivait Aldora, je me suis juré qu'une chose pareille ne m'arriverait jamais. Mais, bien sûr, j'étais loin d'imaginer que Maman souhaiterait que je vous épouse.

Le duc la regarda longuement. Elle avait les yeux fixés sur les flammes et semblait perdue dans ses pensées.

— Le destin est une chose curieuse, vous savez, dit-il doucement. Et il est inutile de vouloir se battre contre lui. Ce qui doit arriver, arrive toujours, tôt ou tard.

Aldora se tourna vers lui, les yeux grands ouverts de surprise.

— Pourquoi dites-vous cela ? Pourquoi parler... de telles choses ?

— Sans doute parce que c'est la seule explication à ce qui nous arrive.

Aldora se leva soudain, comme prise de panique, et se dirigea vers la porte. Pendant un instant, le duc crut qu'elle allait s'enfuir à nouveau. Mais elle s'arrêta sur le seuil et regarda dehors.

— La pluie a cessé et le ciel se dégage.

— Dans ce cas, nous pouvons nous mettre en route, dit le duc.

Aldora referma la porte.

Ils s'observèrent un long moment, puis Aldora s'avança vers lui et déclara d'un air de défi :

— Très bien. Vous m'avez retrouvée et je vais rentrer avec vous. Mais je n'ai pas l'intention de vous épouser, je vous le répète. Vous trouverez bien un moyen de devenir vice-roi sans moi.

— J'en doute, dit le duc avec amertume. Votre mère a été très claire sur ce point.

Un silence pesant s'installa. Puis Aldora reprit :

— Croyez-vous vraiment que Maman... puisse me forcer... à vous épouser ?

— Seulement si je dois devenir vice-roi des Indes.

— Cela vous ennuirait-il beaucoup... d'avoir à refuser ?

— Vous ne comprenez donc pas ? Je n'ai pas plus le choix que vous, dans cette histoire. Si la Reine et votre mère ont décidé que ce mariage se ferait, il se fera. Nous ne sommes que deux pions dans leur échiquier.

Il s'arrêta, l'air profondément soucieux,

comme s'il venait à peine de réaliser à quel point il était impuissant dans cette affaire.

— Je suis désolé...

— Mais c'est injuste! se révolta Aldora. Si Papa était vivant, il ne laisserait pas Maman se conduire ainsi!

Sa voix s'adoucit quand elle ajouta:

— Il était très triste de voir Mary et Phoebe si malheureuses. Il me disait toujours: « Cela ne t'arrivera jamais, ma chérie. Tu te marieras par amour ou alors tu resteras avec moi. »

— Votre père avait raison, dit le duc doucement.

— Je sais... et je n'aime personne.

Elle le regarda avec défi comme pour bien lui montrer qu'elle ne l'aimerait jamais.

— Imaginez... commença-t-il.

— Non! l'interrompit-elle. Je sais très bien ce que vous allez dire et la réponse est NON. Que m'importe que vous soyez vice-roi des Indes ? Je ne souhaite qu'une chose: ne plus jamais vous revoir après la fin des courses.

— Très bien. Si c'est votre dernier mot, il n'y a plus rien à dire... Il fait presque jour; nous devrions rentrer maintenant.

Il ne put s'empêcher de sourire en ajoutant:

— Il ne nous reste que quelques heures de sommeil avant d'aller voir mon cheval gagner la Goodwood Cup.

Aldora eut un rire léger.

— Je ne montrerais pas tant d'assurance, à votre place, dit-elle. Mon « œil » peut très bien voir un outsider gagnant.

— Dans ce cas, je considérerai que vous m'avez jeté un sort et je vous ferai juger pour sorcellerie.

— Méfiez-vous. Cela risque fort de vous arriver ! menaça-t-elle en riant à nouveau.

5

Lorsqu'ils furent prêts à partir, l'aubergiste, qui devait être allé se coucher, ne se montra pas. Le duc laissa donc une guinée sur la table, pensant que c'était bien assez pour le service rendu.

Il aida Aldora à se mettre en selle, monta sur son propre cheval, puis ils se mirent en route. L'aube pointait déjà à l'horizon, chassant les dernières ombres de la nuit. Un parfum agréable d'herbe mouillée après la pluie se dégageait de la campagne.

Curieusement, le duc éprouva soudain une sorte de joie enfantine à chevaucher ainsi, aux premières lueurs du jour, aux côtés d'Aldora. Cette situation, si peu conventionnelle, lui donnait un sentiment étrange de liberté et de bien-être.

Au regard des événements de la nuit passée, il s'étonna de ne ressentir aucune amertume. Aldora l'avait pourtant traité de façon inqualifiable et le détestait ouvertement. Mais, en dépit de toute logique, le duc devait admettre, qu'en cet instant précis il était... heureux.

La route, trempée et boueuse, devint bientôt difficilement praticable.

— Nous devrions prendre à travers champ, suggéra le duc.

— Entendu.

Ils traversèrent la haie bordant la route et, quelque temps plus tard, atteignirent un petit bois. Aldora s'engagea la première sur un chemin tracé d'ornières, puis s'arrêta pour laisser le duc passer en tête. Ils ne pourraient chevaucher de front avant d'avoir rejoint la clairière.

Le bois, devant eux, semblait s'épaissir. Le duc s'arrêta pour juger de la meilleure direction à prendre pour se retrouver à terrain découvert.

Il était sur le point de demander l'avis d'Aldora, lorsqu'une voix rauque s'éleva :

— Les mains en l'air !

Aldora et le duc regardèrent avec surprise l'homme qui venait de surgir devant eux. Il tenait un pistolet à la main et visait le duc.

Un foulard dissimulait à moitié son visage, ses vêtements étaient sales et chiffonnés, et le cheval qui l'accompagnait était vieux et visiblement maltraité. L'inconnu portait également un chapeau, qu'il avait rabattu de manière à cacher presque entièrement ses yeux.

— Si c'est à mon argent que vous en voulez, vous tombez mal, dit calmement le duc.

— Je veux votre argent et votre cheval, répondit l'homme d'un ton agressif.

A sa façon de parler et à sa manière assurée de tenir son pistolet, le duc comprit tout de suite qu'il n'avait pas affaire à un simple vagabond mais à un véritable brigand habitué à ce genre d'agression et capable de se montrer très dangereux.

Le duc savait fort bien que ces gens-là pullulaient dans la région et il s'en voulut de n'avoir pas pensé, dans la hâte de son départ, à se munir d'un pistolet. C'était une précaution élémentaire, qu'il n'omettait jamais de prendre d'ordinaire.

Et, à présent, cet oubli impardonnable le plaçait dans une situation très inconfortable. Le brigand n'irait certainement pas jusqu'à les tuer, Aldora et lui. Mais qu'adviendrait-il de leurs chevaux ?

Le duc répugnait à laisser son plus bel étalon entre les mains de cet homme qui, de toute évidence, le maltraiterait comme il avait maltraité son propre cheval. La simple idée que *Samson* puisse subir un tel sort le révoltait.

— Si nous en discutions raisonnablement ? dit-il, essayant de gagner du temps.

— Y a rien à discuter, grogna le brigand. Descendez de cheval et faites vite, sinon vous apprendrez que les morts ne font pas de bons cavaliers.

Il ne plaisantait vraiment pas ! songea le duc. Cet homme était fort capable de les tuer, sans aucun scrupule, il en était certain à présent. Le doigt sur la détente de son pistolet, il attendait, prêt à tirer.

Mais, soudain, une détonation retentit et le brigand poussa un cri de douleur avant de s'effondrer. Il eut le temps, cependant, d'appuyer sur la détente de son arme, blessant le duc au bras gauche. Celui-ci sursauta sous l'impact mais réussit à se maintenir en selle, contemplant avec étonnement le brigand qui gisait par terre.

Il se tourna ensuite vers Aldora et la vit, un pistolet encore fumant à la main. Elle semblait vivre un cauchemar, ses yeux exorbités fixaient le brigand inanimé.

— Est-il... mort ? demanda-t-elle d'une voix tremblante.

— De toute évidence, répondit le duc. Et plus vite nous quitterons cet endroit, mieux cela vaudra. Vous ne devez pas être impliquée dans la mort de cet homme.

— Oui... vous avez raison, dit-elle sans trop de conviction, mais trop choquée pour prendre une quelconque décision.

Comme un automate, elle rangea son pistolet puis leva les yeux vers le duc. Et c'est à ce moment-là qu'elle se rendit compte qu'il était blessé.

— Sa balle vous a touché ! s'exclama-t-elle.

Le duc regarda son bras gauche. La douleur commençait à s'accentuer et il sentait le sang couler à l'intérieur de sa manche.

— Il va falloir extraire la balle, déclara-t-il avec un calme admirable. Mon yacht se trouve à deux milles d'ici. J'y trouverai quelqu'un pour m'aider.

— Etes-vous certain de pouvoir aller jusque-là ?

— Oui, ça ira.

Tenant les rênes de la main droite, le duc fit faire demi-tour à son cheval pour rejoindre la route. Il n'hésita pas alors à le faire aller au trot malgré la vive douleur qu'il ressentait à chaque mouvement. Mieux valait pour lui atteindre le yacht au plus vite.

Aldora devinait ce qu'il ressentait et ne cessa de le surveiller d'un air inquiet durant tout le trajet. Mais, soucieuse de ménager son amour-propre, elle ne fit pas l'erreur de lui parler ou de le plaindre.

Bientôt, elle vit du sang s'écouler le long de sa main et faillit pousser un cri d'effroi. Mais elle se retint juste à temps. D'ailleurs, le port était tout proche, à présent, et le duc serait soigné sous peu.

Aldora découvrit avec émerveillement, amarré dans la baie maintenant ensoleillée du petit port, le plus beau yacht qu'elle ait jamais vu. Sa coque scintillait sous les rayons du soleil renvoyés par la mer.

Aldora se tourna vers le duc, prête à le féliciter, mais elle s'aperçut que celui-ci était livide, au bord de l'évanouissement.

Elle mit aussitôt pied à terre.

— Ne bougez pas, lui dit-elle. Je vais chercher de l'aide.

Elle se demandait où attacher son cheval quand elle aperçut un marin sur le pont du yacht. Elle le héla sans plus attendre :

— Sa Grâce a besoin d'assistance. Allez vite chercher du secours.

Le marin la regarda, surpris. Puis il reconnut le duc et disparut à l'intérieur du bateau. Peu après, les hommes d'équipage arrivèrent en courant.

Le duc parla pour la première fois, d'une voix faible :

— Dites à Hanson de ramener les chevaux à l'écurie. Je veux aussi qu'il porte un message à la marquise.

— Très bien, Votre Grâce, répondit l'homme à qui il s'adressait.

— Sa Grâce est blessée, intervint Aldora. Aidez-le à descendre de cheval et portez-le à bord avec précaution.

Elle parlait avec tant d'autorité qu'ils lui obéirent sans hésiter.

Alors qu'avec leur aide le duc se laissait glisser à terre, il réalisa à quel point il était affaibli. Et ce fut au prix d'un effort surhumain qu'il parvint à franchir la passerelle. Le capitaine s'avança alors vers lui, lui tendant la main pour l'aider à monter à bord.

— Capitaine Barrett, dit le duc avec effort, je crains que vous n'ayez une balle à extraire de mon bras...

La douleur l'empêcha visiblement de poursuivre et il tituba, épuisé.

Le capitaine fit signe à un marin, qui accourut aussitôt. Prenant alors le duc par les bras, ils le soutinrent et le descendirent dans sa cabine.

Aldora hésita un instant à le suivre, puis y renonça, songeant que sa présence pourrait être gênante lorsqu'ils le déshabilleraient. Elle fit donc quelques pas sur le pont, admirant une fois de plus la beauté de ce yacht. Plus grand et plus moderne que tous les autres, il correspondait tout à fait au duc et à son goût pour la perfection.

Grâce à son père, Aldora savait juger la valeur d'un bateau. En effet, pour échapper aux incessantes activités mondaines de sa femme, son père avait pour habitude de se réfugier dans quelque petite baie tranquille où personne ne viendrait le déranger. Et parce qu'il adorait sa plus jeune fille, il l'avait emmenée quelquefois avec lui. Rétrospectivement, Aldora pensait que ces moments d'intense complicité avec son père avaient été les plus heureux de sa vie. Partageant les mêmes goûts, ils avaient alors eu des discussions très intéressantes et animées, qu'ils n'auraient pu se permettre d'avoir en public.

— Bonjour, Milady.

Un homme assez maigre, d'âge mûr et d'allure énergique venait d'apparaître devant elle, l'interrompant dans ses pensées.

— Je m'appelle Hobson, Milady, reprit-il. Et je suis au service de Sa Grâce depuis dix ans.

— Bonjour, répondit Aldora. Comment va Sa Grâce ?

— Nous avons fait notre possible pour qu'il soit bien installé, Milady, et le capitaine se prépare à lui extraire la balle.

Comme s'il avait deviné la question qu'Aldora se posait, il poursuivit :

— La balle n'a pas atteint le muscle du bras, Dieu merci. Mais Sa Grâce a perdu beaucoup de sang et il fera certainement une montée de fièvre.

— Il faudra donc quelqu'un pour veiller sur lui constamment, remarqua Aldora.

Elle crut voir un sourire effleurer les lèvres d'Hobson.

— J'ai pensé que vous seriez peut-être prête à remplir cette tâche, dit-il.

Aldora n'avait pas du tout envisagé cette éventualité. Et elle s'était déjà préparée à rentrer chez elle, une fois le duc hors de danger. Elle comprenait toutefois pourquoi le duc lui demandait indirectement de rester. Engager une infirmière locale et risquer qu'elle apprenne ce qui s'était passé était bien trop imprudent. Le rapprochement entre la blessure du duc et la mort du brigand serait évident.

Bien sûr, le duc ne passerait certainement pas en jugement. Mais il y aurait une enquête qui conduirait à des questions gênantes. Le duc aurait sans doute à expliquer pourquoi il était parti à cheval au milieu de la nuit et, si l'on apprenait qu'il se trouvait avec une jeune fille, la vérité ne tarderait pas à se faire jour.

Sans réfléchir plus avant, Aldora acquiesça.

— Très bien. Je resterai pour le soigner.

Hobson sourit.

— Sa Grâce n'en attendait pas moins de vous, dit-il. Il m'a aussi chargé de vous prévenir que nous appareillerons bientôt, pour plus de discrétion. Personne ne doit se douter que Sa Grâce est à bord. Mais ne vous inquiétez pas : Hanson est déjà en route pour Berkhampton et y préviendra qui de droit.

Aldora ne pouvait qu'admirer le duc pour son sens de l'organisation, même dans les moments les plus difficiles. A cet instant précis, il devait souffrir terriblement.

— Au nom de Sa Grâce, je vous remercie de votre décision, Milady, reprit Hobson. J'ai l'habitude de prendre soin de Sa Grâce lorsqu'il est souffrant, ce qui arrive rarement, mais je suis certain que dans ce cas une main féminine sera beaucoup plus efficace.

— J'espère être à la hauteur de cette tâche, dit Aldora avec sincérité.

Très révérencieux, Hobson la salua avant de retourner très vite auprès du duc.

Aldora se retrouva seule à nouveau et examina la situation. Deux sentiments contradictoires se heurtaient en elle. D'une part, elle avait l'impression d'être prisonnière du duc, et cela lui était fort désagréable. D'autre part, elle devait bien admettre qu'il avait été blessé par sa faute et qu'elle lui était en conséquence redevable. Elle n'avait donc d'autre choix que d'aider le duc et supporter le plus stoïquement possible cette cohabitation inattendue.

Peu après, lorsqu'on la conduisit jusqu'à la cabine du duc, Aldora ne s'étonna pas d'y trouver tant de beauté et de confort. Cette pièce, à l'instar du yacht, était magnifique.

Le duc, allongé sur son lit, avait maintenant le bras bandé et semblait assoupi. Le capitaine, qui avait procédé à l'opération, se tenait à ses côtés.

— Sa Grâce a montré beaucoup de courage, déclara-t-il. Il a perdu énormément de sang et sera certainement très faible pendant un ou deux jours.

Aldora trouva étrange qu'on puisse parler du duc en ces termes. Il lui avait toujours semblé si autoritaire et dominateur ! Et Dieu sait qu'elle lui avait souvent souhaité le pire ! Mais à le voir si pâle, si désarmé, elle éprouvait à présent une sorte de compassion et même une certaine tristesse.

— La blessure n'est pas trop profonde, n'est-ce pas ? demanda-t-elle.

— Non, répondit le capitaine. Le muscle n'est pas atteint, mais il restera une vilaine cicatrice et Sa Grâce aura du mal à bouger son bras gauche pendant plusieurs semaines.

— Cela aurait pu être pire, dit Aldora à voix basse.

— Je ne peux pas croire que ça lui soit arrivé ! se révolta Hobson d'un ton rageur. Je ne l'ai jamais vu perdre de duel jusqu'ici.

— Ce n'était pas un duel, dit Aldora.

— Pas un duel ? répéta Hobson, visiblement surpris.

Aldora hésita, puis se décida à lui révéler toute la vérité.

— Nous avons été attaqués par un brigand.

— Un brigand ! s'exclama Hobson. Sa Grâce aurait dû être plus prudent et ne pas s'aventurer en pleine nuit dans la région. Cela m'étonne beaucoup de sa part, conclut-il, intrigué.

Aldora préféra ne pas en dire plus.

— Nous devrions le laisser se reposer, suggéra-t-elle. Voulez-vous me montrer ma cabine ?

Hobson la conduisit à une cabine attenante à celle du duc. Comme Aldora s'y attendait, cette pièce aussi était très agréable. Des petits rideaux roses voilaient les hublots et un couvre-lit de la même couleur décorait la couchette. Tous les aménagements étaient fixés aux murs ou au sol : les placards, la table de toilette, la coiffeuse. Les seules pièces d'ameublement mobiles étaient un fauteuil et un tabouret, disposé en face de la coiffeuse.

A sa demande, Hobson lui fit visiter ensuite le yacht. Il y avait quatre grandes cabines pour les invités et deux plus petites, avec des couchettes superposées contre le mur.

— Elles sont prévues pour les valets ou les servantes des invités, expliqua Hobson. Mais je suis prêt à parier que la plupart de ces cabines resteront souvent inoccupées, ajouta-t-il avec un petit sourire.

Aldora comprit ce qu'il sous-entendait. Elle n'ignorait pas que peu de gens savaient apprécier les voyages en mer et surtout les supporter. Le mal de mer et la solitude en avaient découragé plus d'un.

— Je prends le pari aussi, répliqua-t-elle en lui rendant son sourire. Pour ma part, je vous assure qu'un séjour en mer ne me fait pas peur. De plus, je suis tout à fait capable de me débrouiller sans une cohorte de serviteurs.

— Je n'en attendais pas moins de vous, Milady.

Ils se regardèrent, à présent complices, et éclatèrent de rire.

Aldora se retira ensuite dans sa cabine pour se débarrasser de son chapeau et de sa veste d'équitation. Il commençait à faire très chaud et elle monta sur le pont pour prendre l'air.

Ils étaient à présent en pleine mer. Aldora inspira profondément, heureuse du spectacle qui s'offrait à ses yeux. L'eau, lisse et brillante sous les feux du soleil, ressemblait à un tapis d'or. Le ciel était d'un bleu exceptionnellement pur et seuls les cris des mouettes troublaient le silence. Aldora eut une pensée émue pour son père, souhaitant qu'il fût à ses côtés pour apprécier la magie de ce moment.

Puis Aldora songea à sa mère. Quelle excuse inventerait-elle pour expliquer son absence ? Mais il n'y avait pas à s'inquiéter : on pouvait faire confiance à la marquise pour se sortir des situations les plus délicates. Elle saurait répondre finement aux questions concernant la disparition soudaine de sa fille et du duc, dissipant tous les doutes et étouffant dans l'œuf les commérages. Elle manœuvrerait si bien que personne n'imaginerait, ne serait-ce qu'une seconde, qu'Aldora et le duc se trouvaient ensemble.

« Quand nous rentrerons, le duc déclarera qu'il n'a absolument pas l'intention de m'épouser, songea Aldora. Il retournera à Londres et je ne le reverrai plus jamais. »

C'était tout ce qu'elle désirait : ne plus jamais le revoir.

Pourtant, un peu plus tard, lorsqu'elle se rendit auprès du duc et le vit étendu sur son grand lit, immobile, tellement vulnérable, Aldora fut prise de remords. C'était de sa faute s'il en était là, se reprocha-t-elle à nouveau.

Elle aurait aimé que le duc soit éveillé pour pouvoir lui parler et s'excuser de s'être enfuie. Elle lui expliquerait qu'il ne lui était pas venu à l'esprit qu'il la suivrait et que son intention n'avait pas été de lui causer des problèmes mais bien de se rendre en France.

Elle avait agi impulsivement, certes, mais sa décision n'en était pas moins ferme. Elle avait d'ailleurs emporté une somme d'argent liquide considérable avec elle, ainsi que tous ses bijoux, prévoyant l'avenir peu sécurisant qui l'attendait. Elle avait aussi pris un pistolet pour se protéger. Tout cela était bien la preuve qu'elle ne comptait jamais revenir et n'attendait l'aide de personne.

Mais elle était forcée d'admettre qu'elle avait sous-estimé les dangers d'une telle escapade. Son père lui avait appris à se servir d'une arme et à ne craindre personne. Mais ce qui était arrivé dans le bois dépassait tout ce qu'elle avait pu imaginer jusqu'à ce jour. Sans le duc, elle en était certaine, elle serait morte à présent.

— Je peux me débrouiller toute seule, avait-elle prétendu fièrement.

Maintenant, elle n'en était plus si sûre.

Elle voyait encore le brigand étendu sur le sol et, bien qu'elle l'ait tué pour sauver la vie du duc, elle savait qu'elle avait eu beaucoup de chance.

Elle pensa avec effroi à ce qui se serait passé si elle avait été attaquée par une bande de mécréants. Ils l'auraient maltraitée, dépouillée et auraient certainement aussi abusé d'elle. A cette idée, Aldora fut saisie de frissons.

« J'ai été stupide de croire que je ne courais aucun danger », se dit-elle, honteuse soudain de s'être montrée aussi naïve et inconséquente.

Aldora et Hobson convinrent de se relayer auprès du duc. Mais Hobson, malgré les protestations d'Aldora, insista pour qu'elle aille d'abord prendre un peu de repos.

— Vous devez être épuisée après une telle nuit. Vous resterez auprès de Sa Grâce ce soir, puis je prendrai la garde de nuit.

— Mais ce n'est pas juste ! s'exclama Aldora. Vous en ferez beaucoup plus que moi.

Hobson sourit.

— Je suis habitué à travailler dur, Milady. Sur un bateau on ne dort pas beaucoup, vous savez.

— Là n'est pas la question, objecta Aldora. Je tiens absolument à assurer aussi la garde de nuit.

Son ton était ferme et Hobson capitula.

— Très bien, Milady. Vous resterez avec Sa Grâce jusqu'à deux heures du matin, puis je prendrai le relais. Cela vous convient-il ?

— Cela me semble raisonnable, accepta Aldora.

Elle alla donc se reposer un peu, puis, le soir venu, resta au chevet du duc jusqu'à l'heure du dîner. Quand elle vint à nouveau relayer Hobson, deux heures plus tard, elle s'aperçut qu'il avait installé pour elle un lit confortable sur le sofa.

— Mais je risque de m'endormir, objecta-t-elle.

— Si le duc a besoin de vous, vous l'entendrez, la rassura-t-il. Lorsqu'on est de garde, notre esprit est toujours en éveil, sensible au moindre bruit.

Hobson avait raison, songea Aldora. Comme lui, elle croyait en cet instinct qui, dans les situations les plus inhabituelles, nous permettait de réagir au moment voulu. Elle convint donc que son tour de garde serait beaucoup moins pénible et tout aussi efficace si elle s'installait sur le sofa.

Hobson la laissa seule avec le duc.

Aux alentours d'une heure du matin, alors qu'Aldora commençait à somnoler, elle entendit le duc pousser un petit gémissement. Aussitôt en éveil, elle se leva et s'approcha de lui. Il semblait agité, comme s'il était en proie à une forte fièvre. Elle posa la main sur son front et constata qu'il était trempé de sueur et brûlant. Mais il n'y avait pas lieu de s'inquiéter : la fièvre était une réaction normale.

Peu à peu, le duc retrouva son calme et Aldora retourna s'allonger. Elle venait de s'assoupir à nouveau, vaincue par la fatigue, lorsqu'elle se réveilla en sursaut : le duc venait de prononcer quelques mots indistincts.

Elle revint à son chevet et toucha son front. La fièvre n'était toujours pas tombée.

Le duc marmonnait encore sans qu'Aldora puisse comprendre. Elle s'approcha un peu plus et put saisir quelques mots :

— Les Russes... il faut les arrêter. Écrivez à Sher Ali. Demandez... réunion... discussions.

Il y eut une longue pause puis le duc tourna la tête et murmura :

— Maintenez les Russes hors d'Afghanistan... important... Il le faut.

Il s'agitait à nouveau, secouant sa tête de gauche à droite, comme s'il voulait échapper à un horrible cauchemar. La fièvre avait visiblement augmenté et Aldora fut prise de panique.

Elle se précipita hors de la cabine et courut

chercher l'aide d'Hobson. Elle frappa avec impatience à la porte de sa cabine.

— Hobson ! Venez, je vous en prie, le duc va très mal !

Elle n'attendit même pas la réponse et retourna au chevet du duc.

Quand Hobson la rejoignit, le duc parlait de façon incohérente, il était en nage et brûlant de fièvre. Les mots Russie et Afghanistan revenaient sans cesse dans son délire. Aldora le regardait, effrayée, désarmée.

— Ne vous inquiétez pas, Milady, nous allons lui faire une friction au vinaigre et il ira mieux, la rassura Hobson.

Aldora l'aida à soulever le duc et à placer des serviettes sous lui. Puis Hobson mélangea de l'eau et du vinaigre et ils commencèrent à le frictionner. Aldora savait que c'était une méthode très efficace pour faire tomber la fièvre et, curieusement, elle ne ressentait pas le moindre embarras devant le corps à moitié dénudé du duc. En fait, tandis qu'elle s'affairait, elle avait l'impression de s'occuper d'un enfant souffrant qu'il fallait absolument aider.

Bientôt, la fièvre commença à retomber. Le duc marmonnait encore de façon incohérente mais il paraissait plus calme.

— Sa Grâce ira bien maintenant, dit Hobson.

Il lui recouvrit la poitrine avec une serviette fraîche et laissa le drap à hauteur de la ceinture. Puis il ouvrit un des hublots pour laisser entrer l'air frais de la nuit.

Aldora poussa un soupir de soulagement et s'étonna de l'angoisse qu'elle venait de ressentir.

Elle qui croyait détester le duc... Elle comprit que les événements survenus au cours des dernières vingt-quatre heures les avaient irrémédiablement rapprochés l'un de l'autre. Leur destin était lié à présent, qu'ils le veuillent ou non.

Hobson regarda son maître avec un sourire de satisfaction.

— Sa Grâce ne nous donnera plus de mal cette nuit, Milady. Allez donc vous coucher maintenant et ne vous inquiétez de rien. Je veillerai sur lui.

Aldora parut indécise.

— Êtes-vous sûr d'avoir eu assez de repos ? demanda-t-elle.

— Plus qu'il ne m'en faut. Allons, Milady, n'insistez pas. Je suis beaucoup plus têtu que vous, conclut-il en souriant mais avec fermeté.

Aldora comprit que sa décision était prise.

— Très bien, Hobson. Mais appelez-moi en cas de besoin. Vous me le promettez ?

— Oui. Mais, à mon avis, Sa Grâce va dormir comme un nouveau-né.

— Alors bonne nuit, Hobson. Je viendrai vous remplacer à l'aube.

Avant qu'il puisse protester, elle le quitta et regagna sa cabine.

Une fois au lit, elle se rendit compte pour la première fois qu'elle était vraiment épuisée. Elle crut pourtant qu'elle n'arriverait jamais à trouver le sommeil et s'agita longtemps sur sa couche, hantée par tout ce qui venait de lui arriver.

Cependant, sans s'en apercevoir, elle glissa enfin dans un profond sommeil.

Le duc, adossé à ses oreillers, regardait Aldora assise à son chevet.

Le soleil entrait par le hublot, éclairant sa chevelure d'une auréole dorée, et il pensa une fois de plus qu'elle possédait une étrange beauté. Elle était différente de toutes les femmes qu'il avait connues. En fait, plus il la regardait, plus il la trouvait belle.

Elle était en train de lui lire quelques pages d'un recueil de poèmes et sa voix douce et musicale le berçait agréablement.

Quand elle eut terminé le poème, Aldora leva les yeux.

— Je ne crois pas que l'on puisse mieux décrire une tempête en mer, commenta-t-elle. Papa me faisait lire quand je commençais à avoir le mal de mer et les vers étaient si beaux que j'en oubliais mon mal.

Le duc, qui n'avait pas été très attentif à la lecture, lui sourit avant de remarquer :

— Je ne pense pas que nous aurons le mal de mer aujourd'hui. La mer est si calme.

— En effet. Il est dommage que vous ne puissiez profiter de ce temps magnifique.

— Je me lèverai demain, décréta-t-il.

— C'est bien trop tôt ! ne put s'empêcher de s'exclamer Aldora. Vous risquez de faire revenir la fièvre.

Voyant qu'elle ne l'avait pas convaincu, elle ajouta :

— Soyez raisonnable. Hobson et moi nous sommes beaucoup inquiétés pour vous. Vous pouvez vous vanter de nous avoir donné du mal !

— Attendez-vous des excuses de ma part ? Je

ne suis tout de même pas responsable de ce qui m'arrive !

— Je ne vous demande pas de vous excuser, dit doucement Aldora. Je veux simplement que vous ne nous donniez plus d'inquiétude. Hobson est persuadé que vous devez vous tenir tranquille pendant quatre ou cinq jours encore.

— Hobson me couve comme une mère poule, se plaignit le duc, tandis que vous...

Il s'interrompit.

— Moi ? insista Aldora.

— Vous êtes soudain devenue un ange gardien. Avouez que c'est déconcertant. Moi qui avais l'habitude de vous voir en amazone agressive !

Aldora éclata de rire.

— Est-ce vraiment ainsi que vous me voyiez ?

— Oui. Et je ne me serais jamais risqué à vous le dire.

Il la regarda droit dans les yeux avant d'ajouter :

— Mais maintenant, tout est différent. Vous m'avez sauvé la vie et je vous en serai éternellement redevable.

Il parlait sur un ton léger mais il vit le visage d'Aldora se colorer et son expression devenir méfiante.

— Ce qu'il faut que nous décidions, poursuivit-il sans lui laisser le temps de parler, c'est comment je puis vous récompenser. Vous n'avez pas besoin d'argent et j'imagine que vous avez déjà un grand nombre de bijoux. Je suppose donc que le seul cadeau approprié serait un cheval.

Aldora sourit.

— Vous êtes très habile. Vous connaissez mes goûts et vous savez que je ne pourrais pas refuser un tel cadeau.

— Parfait. Et maintenant, si nous parlions de choses sérieuses ? déclara-t-il d'un ton devenu grave. Je serai bientôt rétabli et il va falloir que nous pensions à vous.

— A moi ? s'étonna Aldora. A quel propos ?

Il n'y avait pas d'agressivité dans sa voix, nota le duc, mais plutôt de l'appréhension.

— Vous avez accepté de rester à bord pour me soigner et je vous en remercie, reprit le duc. Mais si quelqu'un apprenait votre présence ici, cela ruinerait votre réputation.

— Je ne vois pas comment on l'apprendrait. Nous sommes en pleine mer, objecta justement Aldora.

— Oui, bien sûr... Mais je me demande s'il ne serait pas préférable de vous déposer quelque part sur la côte et que vous retourniez chez vous. Qu'en pensez-vous ?

Parce que c'était la dernière chose à laquelle elle s'attendait, Aldora le regarda avec étonnement avant de pouvoir lui répondre.

— Êtes-vous en train de suggérer que je devrais... rentrer seule à cheval ?

— Oui. Il est tout à fait possible de vous trouver un cheval, non loin de Plymouth, dit le duc d'un ton impersonnel. Hobson s'y connaît très bien. Je lui ai confié plusieurs fois l'achat de mes chevaux à des ventes où je ne pouvais pas me rendre.

Aldora se tut.

Elle se souvenait du choc qu'elle avait ressenti

lorsque le brigand les avait attaqués. Elle voyait encore le visage haineux de l'homme, prêt à tuer le duc, juste avant qu'elle ne tire sur lui.

Non, elle ne se sentait pas capable de revivre une telle expérience. Aussi envisageait-elle avec effroi de devoir retourner seule à Berkhampton.

Comme elle ne disait rien, le duc reprit la parole.

— Vous devez comprendre qu'il me serait impossible de vous faire accompagner par quelqu'un de mon équipage. En dépit de toutes les recommandations, il pourrait laisser échapper qu'il est à mon service, ce qui, bien entendu, reviendrait à tout révéler. Et c'est ce que vous voulez éviter, n'est-ce pas ? Nos deux noms ne doivent jamais être associés.

— Oui... bien sûr, murmura Aldora.

— D'un autre côté, poursuivit le duc, je suppose que nous pourrions trouver un bateau à Plymouth ou à Falmouth qui vous ramènerait à Southampton. J'imagine que des pêcheurs, à tout le moins, font le trajet régulièrement.

Il fronça les sourcils comme s'il pesait le pour et le contre.

— Cependant les marins sont des gens très rudes et vous risqueriez d'être maltraitée.

A ces mots, Aldora ne put réprimer un tremblement.

Voyant que le duc attendait une réponse, elle dit d'une voix hésitante :

— Faut-il que nous prenions une... décision maintenant ? Je préférerais attendre que vous soyez guéri.

Le duc sourit.

— Moi aussi, avoua-t-il. J'aime bien vous savoir ici, Aldora. J'aime beaucoup bavarder avec vous. Pourtant, je dois m'inquiéter de ce qui est le mieux pour vous. Et si jamais on apprenait que vous êtes avec moi, les commérages iraient bon train, vous vous en doutez. Les gens sont très intéressés par ce qui ne les concerne pas. Et en particulier les femmes.

Aldora eut un petit rire.

— C'est vrai. Les amies de Maman ne se privent pas de commérages ! Moi, je trouve que c'est une perte de temps terrible.

— En effet. Mais je suppose que les femmes aiment cela, tout comme les hommes aiment les défis. Nous, nous voulons faire la guerre, escalader une montagne ou trouver un trésor enfoui depuis mille ans.

Comme Aldora l'écoutait d'un air intéressé, le duc poursuivit :

— Mais vous êtes différente des autres femmes. Vous êtes attirée par les mystères de la connaissance, compris seulement par quelques privilégiés.

— Avez-vous déjà rencontré de tels hommes ? demanda Aldora.

Il perçut un intérêt nouveau dans sa voix.

— Un ou deux, oui. Mais ils ne m'ont pas communiqué leurs secrets.

— Quand les avez-vous rencontrés ?

— Lorsque j'étais aux Indes.

— Vous ne m'aviez pas dit que vous y étiez allé.

— Vous ne me l'avez pas demandé, répondit le duc. J'ai été l'aide de camp du gouverneur de

Madras, il y a quelques années. C'est une expérience que je n'oublierai jamais. J'aurais aimé rester aux Indes plus longtemps mais mon père est mort et j'ai dû rentrer immédiatement.

— Et vous n'y êtes jamais retourné ?

— Je n'en ai pas eu l'occasion... jusqu'à maintenant.

Il y eut un silence, lourd de signification. Puis, le duc reprit, sur le même ton indifférent :

— Pour en revenir à vous, je crois que nous devrions mieux réfléchir aux solutions possibles et choisir la meilleure. Je ne veux pas que vous vous retrouviez dans l'embarras par ma faute. Vous aurez certainement à répondre à des questions...

— Ne vous inquiétez pas pour moi, l'interrompit Aldora. Il faut vous reposer, maintenant. Vous avez le choix entre fermer les yeux et essayer de dormir ou bien m'écouter vous lire quelque chose.

— Vous avez tout d'une nourrice autoritaire ! se plaignit-il. Ce n'est pas amusant du tout.

— Est-ce plus amusant de vous préoccuper de ma réputation ? le taquina-t-elle. Ou de vous demander ce que je dois dire et faire pour la préserver ?

— Évidemment. Vous devriez pourtant savoir que je déteste le désordre et que j'aime atteindre la perfection en tout.

— Comme avec *Samson*, dit Aldora en souriant.

— Exactement. Comme avec *Samson*, mes autres chevaux et mes domaines.

Il marqua un temps d'arrêt avant de poursuivre :

— J'aimerais vous faire visiter mon château du Buckinghamshire. Et je vous mettrais au défi d'y trouver quoi que ce soit d'imparfait.

— Vous êtes bien trop satisfait de vous-même, le provoqua gentiment Aldora. Ce n'est pas une tâche bien difficile que d'aménager un château.

— M'en proposeriez-vous une plus ardue, pour me mettre à l'épreuve ?

Leurs regards se croisèrent. Ils savaient qu'ils pensaient tous deux à la même chose : devenir vice-roi des Indes était pour le duc l'occasion rêvée de faire ses preuves.

Pendant quelques instants, il fixa Aldora dans les yeux et elle fut incapable de détourner la tête.

— Voulez-vous vous reposer et cesser de réfléchir ! le gronda-t-elle soudain, comme pour masquer sa gêne. Je vais vous laisser, maintenant. Il faut que vous dormiez.

— Si vous partez, je serai tellement agité que la fièvre reviendra, menaça-t-il.

— Très bien, capitula Aldora. Je vais vous faire un peu de lecture. Mais pas trop longtemps !

— Vous trouverez des livres intéressants sur l'étagère du bas de la bibliothèque.

Aldora se dirigea vers la bibliothèque, curieuse de découvrir la lecture qu'il lui conseillait. Sur la dernière étagère se trouvaient plusieurs ouvrages sur les courses et trois autres — ceux auxquels il avait fait allusion, devina-t-elle.

L'un traitait du bouddhisme, l'autre avait pour titre *L'Inde d'aujourd'hui et d'hier* et le troisième *Les Secrets de l'Inde antique.*

Presque contre son gré, sa main se tendit vers le troisième volume.

En se retournant, elle vit que le duc avait fermé les yeux. Un sourire de satisfaction se dessinait sur ses lèvres. Il venait de marquer un point, semblait-il.

6

Cette nuit-là, Aldora eut un sommeil peuplé de rêves s'accordant à son humeur et à la magnifique journée qu'elle venait de passer.

Avant d'aller se coucher, elle repensa avec plaisir aux discussions passionnantes qu'elle avait eues avec le duc. Rien ne la ravissait davantage que ces conversations à bâtons rompus où l'on exprimait ses idées en toute liberté.

Pour la première fois cet après-midi-là, le duc avait pu se lever et avait souhaité se rendre sur le pont. Installé sur une chaise longue et, malgré la chaleur, protégé par une chaude couverture, il y avait passé quelques heures.

Aldora lui avait tenu compagnie. Et, buvant à petites gorgées le champagne qu'Hobson leur avait apporté, ils avaient savouré ensemble ce moment de calme délicieux, offrant leur visage aux rayons du soleil.

Le duc avait levé son verre pour porter un toast.

— J'ai vraiment quelque chose à fêter, avait-il déclaré.

— D'être à nouveau sur pied ? avait demandé Aldora, ne sachant pas au juste à quoi il faisait allusion.

— Non, d'être en vie, avait-il répondu. Grâce à vous, bien entendu.

Un petit frisson avait parcouru Aldora.

— Je préfère ne pas y penser...

— Je vous comprends. Et j'espère que vous oublierez vite cette aventure. Vous êtes d'ailleurs assez jeune pour en vivre d'autres, bien plus agréables, et qui effaceront celle-ci de votre mémoire.

— Je l'espère, avait dit Aldora.

Puis elle avait changé de sujet. Mais au fond d'elle-même, elle s'était demandé quelles sortes d'aventures elle vivrait si elle le suivait aux Indes.

A présent qu'elle se souvenait de leur discussion, il lui parut étrange que, pas une fois, ils n'aient parlé des Indes.

Le duc avait-il chassé ce sujet de son esprit ? Avait-il renoncé à l'épouser ?

— De toute façon, je n'épouserai jamais un tel homme, murmura-t-elle, comme pour mieux s'en convaincre.

Mais cela sonnait faux. Aldora savait pertinemment qu'elle ne haïssait plus le duc. Malgré elle, elle s'était peu à peu attachée à lui. Et elle pouvait fort bien expliquer ce phénomène : il était naturel de s'attacher à quelqu'un dont on avait pris soin, que l'on avait veillé jour et nuit, que l'on avait aidé à lutter contre la maladie.

Oui. Cette explication était la seule possible, se dit-elle, rassurée, avant de se laisser glisser dans le sommeil.

Elle était donc plongée dans un rêve magnifique où des paysages de l'Inde se mêlaient à des impressions de mer dorée et de ciel bleu, lorsqu'un tintement insistant la réveilla en sursaut.

Elle se leva vite, sachant que c'était le duc qui appelait. En effet, il avait insisté pour qu'on ne monte plus la garde auprès de lui, et Hobson avait placé une cloche à son chevet, au cas où il aurait besoin de quoi que ce soit.

— Je me sens parfaitement bien, avait déclaré le duc. Je suis capable à présent de me débrouiller tout seul.

Aldora avait compris qu'il serait inutile de discuter et de tenter de le convaincre du contraire. Mais Hobson ne l'avait pas entendu de cette façon.

— Je vais mettre une cloche à côté du lit de Votre Grâce, avait-il dit, et si vous avez besoin de quelque chose au cours de la nuit, sonnez. Milady vous entendra.

— Je n'ai aucune intention de la déranger.

— Elle n'aura qu'à frapper à ma porte et je viendrai m'occuper de vous, avait insisté Hobson.

— Vous exagérez, avait dit le duc d'un ton accusateur.

— J'ai mes raisons, avait répliqué Hobson. Si vous en faites trop et trop tôt, vous resterez cloué au lit bien plus longtemps. Est-ce ce que vous voulez ?

Aldora n'avait pu s'empêcher de sourire : Hobson s'adressait au duc comme à un enfant déraisonnable.

— Inutile d'insister, avait-elle dit au duc. Hobson ne cédera pas. Alors si vous avez besoin de quelque chose, sonnez, et l'un de nous deux viendra.

Le duc n'avait rien répliqué, mais Aldora avait senti qu'il ferait tout pour éviter de les déranger. Et à présent, il sonnait.

Aldora enfila rapidement une robe de chambre diaphane en mousseline blanche, la seule qu'elle avait emportée. En effet, elle avait préféré ne pas trop se charger et avait prévu d'acheter tout ce dont elle aurait eu besoin, une fois arrivée en France.

Maintenant, elle se rendait compte de son erreur de jugement. Comment avait-elle pu imaginer un seul instant qu'elle atteindrait la France saine et sauve ? Et si par miracle cela avait été le cas, comment aurait-elle pu survivre, une fois là-bas, sans logement et sans amis à aller voir en cas de problème ?

A présent, Aldora avait presque honte de sa propre inconséquence et se jura qu'à l'avenir elle réfléchirait à deux fois avant de prendre une quelconque décision.

Elle termina de boutonner sa robe de chambre, prit sa bougie et se hâta vers la cabine du duc.

Il était adossé à ses coussins et son visage crispé montrait qu'il devait vraiment souffrir.

Aldora entra et referma la porte derrière elle.

— Que se passe-t-il ?

— J'ai très mal au bras et j'ai la migraine.

Elle s'avança vers lui et posa la bougie.

— J'ai bien peur que vous n'ayez abusé de vos forces, dit-elle d'une voix douce.

— Donnez-moi quelque chose pour calmer la douleur, s'il vous plaît, ou bien massez-moi le front, comme vous l'avez fait lorsque j'avais la fièvre.

Aldora parut surprise.

— Je croyais que vous étiez inconscient.

— J'entendais votre voix et je vous sentais. C'était très efficace en tout cas.

— Alors essayons à nouveau. Allongez-vous bien à plat.

Après avoir doucement ôté les coussins de dessous sa tête, elle s'assit au bord du lit et commença à lui masser les tempes.

— Fermez les yeux, dit-elle, et pensez à des choses agréables : un magnifique coucher de soleil, une nuit étoilée. Le ciel devient de plus en plus sombre et en même temps lumineux.

Elle parlait d'une voix douce, presque hypnotique. En même temps, ses doigts remontaient lentement vers le front, effaçant peu à peu les rides de crispation que la douleur y avait imprégnées.

— Maintenant, vous allez dormir, murmura-t-elle. Vous rêvez que vous montez *Samson* à travers champ et vous êtes heureux, très, très heureux...

Elle se tut et regarda le duc. Il s'était endormi et paraissait totalement détendu.

Avec mille précautions pour ne pas risquer de le réveiller, elle se leva, prit la bougie et se dirigea vers la porte.

— Dieu vous bénisse et que les anges veillent sur vous, dit-elle doucement en se retournant pour le regarder une dernière fois.

Puis elle quitta la cabine, refermant sans bruit la porte derrière elle.

Le duc ouvrit alors les yeux et resta longtemps ainsi, le regard fixé dans le noir.

Le lendemain matin, Aldora se leva, s'habilla puis alla prendre son petit déjeuner. Lorsqu'elle eut terminé, elle monta sur le pont.

Ils se dirigeaient maintenant vers l'est, le long de la côte. Elle reconnaissait les baies et les criques qu'ils passaient : le lendemain, ils seraient de retour à Chichester. Cela signifiait qu'elle devrait rentrer à la maison.

Au moins, le duc n'avait pas insisté pour la déposer sur la côte du Devonshire ou de la Cornouailles. Il n'en avait plus reparlé et elle s'était bien gardée de soulever le sujet à nouveau.

Elle avait vécu ces derniers jours comme dans un rêve, mais bientôt la réalité reprendrait tous ses droits. Sa mère serait certainement très en colère contre elle, songea-t-elle avec appréhension. Mais elle serait heureuse aussi de la retrouver et qu'il n'y ait pas eu de scandale.

— Maman a certainement prétendu que j'étais chez des amies, murmura-t-elle pour elle-même, essayant de se rassurer.

— Vous croyez ?

Aldora sursauta et se retourna d'un bloc, surprise de se retrouver face à face avec le duc. Il semblait en meilleure forme et la regardait, un sourire tendrement moqueur aux lèvres.

— Comment allez-vous ? lui demanda-t-elle sans répondre à sa question.

— J'ai passé une excellente nuit.

— Votre bras ne vous fait pas mal ?
— A peine.
— C'est parfait. Mais ne commettez pas d'imprudence aujourd'hui.
— Hobson m'a déjà sermonné à ce sujet. J'espère que vous m'éviterez une deuxième leçon de morale.
Aldora éclata de rire.
— A présent, vous échappez à notre emprise. Mais nous sommes coriaces, vous savez. Et nous ferons tout pour vous empêcher de rechuter.
— Serait-ce si terrible ?
— Bien sûr ! Pensez à toutes les choses que vous devriez être en train de faire : vous occuper de vos chevaux, prononcer vos discours...
— Là, vous m'effrayez ! s'exclama le duc avec humour. Je vais d'ailleurs tout de suite me reposer.
Il alla s'installer sur une chaise longue, étendit ses jambes et laissa même Hobson le recouvrir d'une couverture légère.
Aldora le quitta quelques instants pour aller chercher un livre, en prévision de la lecture qu'elle lui ferait plus tard, lorsqu'il serait trop fatigué pour continuer à discuter.
Elle prenait de plus en plus de plaisir à leurs conversations. Ils abordaient tous les sujets, parlant même politique, comme elle le faisait autrefois avec son père.
Chaque heure passée avec le duc lui paraissait plus fascinante que la précédente. Et, lorsqu'il semblait las, elle insistait pour lui lire quelques pages. A plusieurs reprises, il s'était endormi en l'écoutant.

Elle descendit dans la cabine du duc où se trouvaient les livres les plus intéressants. Elle examinait les rayonnages de la bibliothèque, lorsque Hobson entra.

— J'espère que Sa Grâce ne fait pas une erreur en souhaitant rentrer demain, dit-elle. Je pense que c'est trop tôt.

— Je le pense aussi, répondit Hobson. Mais Sa Grâce a pris sa décision et personne ne le fera changer d'avis.

Il y eut un silence. Aldora sortit un livre puis le remit à sa place.

— En tout cas, reprit Hobson, blessure ou pas, ces quelques jours de solitude lui auront fait le plus grand bien. Au moins, ici, il n'est pas harcelé à longueur de journée !

Il avait parlé avec une violence contenue et Aldora le regarda avec surprise.

— C'est vrai, expliqua Hobson. Les messieurs ne ratent pas une occasion de lui demander de l'argent, et les femmes le veulent toutes pour amant.

Aldora, gênée par tant de familiarité, préféra garder le silence. Elle choisit deux livres et les sortit du rayonnage.

— Vous êtes ce qui lui est arrivé de mieux depuis longtemps, poursuivit Hobson comme s'il se parlait à lui-même.

— Que voulez-vous dire par là ? ne put s'empêcher de demander Aldora.

— Vous vous êtes occupée de lui comme aucune autre femme n'aurait accepté de le faire. Et, ce qui est tout à fait exceptionnel, vous n'avez pas tenté d'obtenir ses faveurs. Une autre se serait accrochée à lui comme une véritable sangsue !

Aldora regarda Hobson, intriguée. Elle savait à quel point il était attaché au duc et ne doutait pas de sa sincérité.

— Ce n'est sûrement pas aussi tragique que ça, objecta-t-elle.

— Vous ne pouvez pas vous imaginer à quel point c'est affreux, Milady, dit Hobson d'un air sombre. Et elles me poursuivent jour et nuit pour que je leur vienne en aide.

— Pour que vous les aidiez ? s'étonna Aldora.

Hobson grogna de dégoût.

— Le pire, c'est lorsqu'elles me supplient de dire à Sa Grâce combien elles souffrent.

Aldora se sentait de plus en plus mal à l'aise. Mais elle n'avait plus le choix, à présent. Elle devrait écouter les confidences d'Hobson jusqu'au bout.

— Il y en a une qui a dépassé les bornes, poursuivit Hobson. Lady Ludlow — non, Lady Lawson — oui, c'est cela. « Dites à Sa Grâce que je vais me tuer et que, quand je serai morte, il aura des remords. »

Absorbé par ce qu'il disait, Hobson ne vit pas Aldora se raidir.

— Je ne peux pas croire qu'une femme en arrive là, dit-elle d'une voix altérée.

— Eh bien, détrompez-vous. Vous seriez surprise de les entendre ! Cette Lady Lawson, par exemple, m'en a fait voir ! Et, d'ailleurs, pour finir elle ne s'est pas suicidée. Ce n'était que du chantage.

— Elle devait... être très... malheureuse, suggéra Aldora d'une voix hésitante.

Hobson rit avec dérision.

— Elle s'est complu dans son malheur jusqu'au moment où elle a trouvé un autre amant. Il paraît que Lady Lawson menace maintenant de se tuer pour l'amour d'un monsieur français qui vient aussi de la quitter.

Aldora sentit qu'elle ne pourrait supporter d'en entendre davantage.

— Je crois que Sa Grâce m'attend. Excusez-moi, Hobson, dit-elle précipitamment avant de quitter la cabine.

Elle longea le couloir mais ne monta pas tout de suite sur le pont. Elle s'arrêta un moment pour reprendre ses esprits et réfléchir aux révélations d'Hobson.

Comment Lady Lawson avait-elle pu dire de telles choses à un serviteur du duc ? Comment une femme pouvait-elle prétendre être une Lady et agir de façon si vulgaire ? Cela paraissait inconcevable ! Aldora se souvint de la haine qu'elle avait éprouvée à l'égard du duc à cause de sa cruauté envers Lady Lawson. Et, pour la première fois, elle se dit qu'il n'était peut-être pas aussi coupable qu'elle l'avait cru.

Tentant d'afficher un sourire naturel, elle remonta sur le pont et s'assit sur une chaise, à côté du duc. Elle posa les livres et resta silencieuse, incapable d'entamer la conversation.

— Qu'est-ce qui vous trouble ainsi ? demanda le duc.

— Comment savez-vous que je suis troublée ?

Il sourit.

— Disons que c'est mon instinct. Ou peut-être est-ce parce que nous avons passé plusieurs jours ensemble et que je suis devenu sensible à vos vibrations.

— Vous pensez donc, murmura Aldora, que les gens émettent des vibrations comme... des ondes ?

— C'est certain. Et vos vibrations sont très fortes, très positives et pas aussi violentes que lors de notre première rencontre.

Il rit avant de poursuivre :

— Le premier soir, durant le dîner, je sentais votre haine comme si j'avais pu la toucher. Je n'avais jamais ressenti cela auparavant.

Il y eut un moment de silence avant qu'Aldora ne prenne la parole.

— Papa disait que la haine est comme un boomerang. Si l'on n'y prend pas garde, elle se retourne contre vous.

— Votre père avait raison. Et j'ose espérer que vous ne me haïssez pas autant qu'avant.

— Je ne... vous déteste pas du tout, répondit Aldora comme malgré elle.

— Parfait ! Alors, lorsque nous nous quitterons demain, ce sera bons amis.

— D... demain ?

Soudain, cette échéance lui semblait trop proche.

— Oui. Il est prévu que nous atteignions le port de Chichester demain matin, à l'aube.

Aldora écoutait attentivement, retenant son souffle.

— Hamish, mon palefrenier, amènera votre cheval à quai, ainsi que *Samson*.

— Pour vous ?

Le duc secoua la tête.

— Non, pour vous. Vous partirez tout de suite, accompagnée d'Hamish.

— Je croyais que personne, à part vous, n'avait le droit de monter *Samson*.

— J'ai totale confiance en vous, déclara-t-il en la fixant droit dans les yeux.

Gênée, Aldora garda le silence.

— Hamish laissera *Samson* dans l'écurie de votre mère et donnera l'ordre que l'on m'envoie le phaéton afin que je puisse rentrer confortablement, plus tard dans la journée, poursuivit le duc.

Il se tut quelques instants, puis reprit :

— Naturellement, il faut éviter que quiconque se doute que nous étions ensemble. Je suggère donc qu'à proximité du château vous laissiez Hamish partir en avant. Vous rentrerez ensuite tranquillement, comme si vous reveniez d'une simple promenade. Vous trouverez bien assez tôt un moment pour vous expliquer avec votre mère, seule à seule.

Aldora avait la pénible impression que le duc organisait sa vie sans lui donner le choix de protester.

— J'arriverai vers cinq ou six heures de l'après-midi. J'espère que votre mère m'accueillera pour la nuit. J'ai l'intention de repartir pour Londres dès le lendemain matin, de bonne heure.

Il y eut une longue pause après que le duc eut fini de parler. Puis Aldora dit, d'une voix qui lui sembla toute petite :

— Vous... semblez avoir... tout prévu.
— En effet. Mais si vous pensez à une meilleure solution, je vous écoute.
— Non... non... Cela semble parfait.
— Très bien. Maintenant que tout est réglé, profitons un peu du soleil. Je vous soupçonne d'ailleurs de vouloir lire l'un de ces livres que vous avez apportés. Quant à moi, je vais fermer les yeux et penser à des choses agréables puisque, selon vous, cela favorise le sommeil.

Il ferma les yeux et Aldora brûlait de lui demander ce à quoi il pensait. Mais elle n'osa pas lui poser une question aussi personnelle, et se contenta de le regarder.

Il était très beau. Curieusement, son teint pâle et ses joues creusées par la fatigue ajoutaient plutôt à son charme. Avec un pincement au cœur, Aldora songea qu'elle n'aurait peut-être plus jamais l'occasion de le regarder ainsi endormi naturellement à ses côtés, ni de discuter avec lui, comme ils l'avaient si souvent fait durant ces quatre jours.

Elle pensa aussitôt à la réaction de sa mère si elle la voyait en cet instant précis, partageant l'intimité du duc. Elle serait certainement scandalisée.

De plus, si l'on apprenait qu'elle avait soigné le duc, l'avait vu à moitié dénudé, avait même dormi dans sa cabine, elle serait contrainte de l'épouser pour protéger sa réputation.

« Personne ne doit jamais l'apprendre », se dit-elle.

Le duc avait eu parfaitement raison de prendre toutes les précautions nécessaires. Car lui non plus, visiblement, ne tenait pas à l'épouser par obligation. Du moins, elle le croyait...

Car, en fait, que savait-elle exactement de ce qu'il éprouvait à son égard ? Rien ou presque. Trop absorbée par la haine qu'elle lui avait portée, elle ne s'était jamais demandé ce que ressentait le duc.

Il adorait les Indes, tout comme elle. Mais il avait choisi de se taire à ce sujet, sachant qu'Aldora ne deviendrait pas sa femme. A présent, Aldora regrettait qu'il ait cessé d'en parler. Elle aurait tant voulu en savoir plus sur ce pays qui la fascinait ! De plus, elle se trouvait stupide d'avoir rejeté immédiatement la proposition de la Reine, sans même y réfléchir. Épouser le duc ne lui semblait plus être un destin aussi horrible...

Mais elle avait été émue et aveuglée par les confidences de Lady Lawson. Maintenant elle savait que celle-ci l'avait trompée : le duc n'était vraiment pas un homme cruel.

Elle avait pu le constater au cours de ces quatre jours passés avec lui. D'une intelligence hors du commun et d'une extrême sensibilité, le duc était loin de l'image qu'elle s'en était faite.

Peu à peu, elle avait découvert son courage, son sens de l'humour, sa générosité et même sa tendresse. Des qualités somme toute très rares chez un homme. Progressivement aussi, une certaine complicité s'était installée entre eux. Puis l'amitié était venue.

Aldora se souvint avec émotion de ces heures passées à son chevet. Il lui avait fait totalement confiance, mettant sa vie entre ses mains.

En quatre jours, elle avait l'impression d'en avoir appris plus qu'au cours de toute sa courte vie. Désormais, elle ne se laisserait plus berner par les apparences.

Comment avait-elle pu prendre au sérieux les lamentations artificielles de Lady Lawson ? se reprocha-t-elle à nouveau. Même Hobson avait été capable de deviner la supercherie. Elle s'était vraiment montrée stupide !

Mais Lady Lawson avait semblé si désespérée, prête à mourir pour le duc...

« Mourir pour le duc... » se répéta-t-elle en le regardant à nouveau.

Il ressemblait à un héros de roman. Rien d'étonnant à ce que les femmes, même mariées, tombent amoureuses de lui. En fait, Aldora n'avait jamais rencontré d'homme possédant un tel pouvoir d'attraction, une telle prestance.

Et cela venait, elle s'en rendait compte à présent, non seulement de son rang mais de ses qualités de cœur et d'esprit. Rien d'étonnant non plus à ce que la Reine l'ait choisi, lui, pour occuper l'un des postes les plus importants du monde.

Le duc dormit environ une heure. Puis Hobson apporta un jus de fruits spécialement destiné au duc, afin de le fortifier.

— Cela vous fera du bien, lui assura-t-il.

— Je préférerais une coupe de champagne.

— Votre Grâce en aura une avant le déjeuner, promit Hobson en remportant le plateau vide.

— Vous ne pouvez pas échapper à sa vigilance, remarqua Aldora en riant.

— Son dévouement me touche, mais je suis tout à fait capable de me prendre en main, à présent.

— De quoi vous plaignez-vous ? Tant qu'Hobson se charge des détails de la vie quotidienne, vous pouvez vous consacrer à vos activités préférées.

— Telles que ?

— Penser à vos chevaux, par exemple. Ou à la politique et à votre recherche de la perfection.

— Que je ne trouverai jamais, je suppose...

— Vous me surprenez ! le taquina Aldora. Je vous croyais parfaitement satisfait de vous-même.

— J'aimerais que ce soit vrai, répondit le duc. Mais on ne possède pas toujours ce que l'on désire. Et cela vaut mieux. Il faut lutter, s'efforcer d'atteindre l'inaccessible.

Il y eut un silence avant qu'Aldora ne reprenne la parole :

— Est-ce à dire que l'accomplissement de l'homme réside dans la poursuite d'un idéal ?

— Bien sûr. C'est pourquoi un défi est toujours un don des dieux.

Aldora savait qu'il pensait aux Indes. Elle allait lui demander quel avait été pour lui le plus grand défi de sa vie, quand Hobson arriva, annonçant que le déjeuner était prêt.

Le duc parut plutôt taciturne le reste de la journée. Ce n'est qu'au dîner, qu'ils prirent de bonne heure, qu'il s'anima et parla des pays qu'il avait visités.

Aldora l'écouta, fascinée, raconter l'histoire des Arabes et décrire l'étrange caractère des Turcs.

— Votre Grâce ne devrait pas tarder à se coucher, déclara Hobson lorsque le dîner fut terminé. Demain, une longue route vous attend.

Il sortit avant même que le duc ait eu le temps de répondre. Aldora sourit.

— Hobson vous manquera lorsque vous retournerez à Londres.

— Il viendra avec moi, répondit le duc. Hobson ne me quitte jamais.

Il vit qu'Aldora paraissait surprise et crut devoir lui fournir une explication.

— Il m'a précédé sur le yacht, car j'avais l'intention de venir y passer quelques jours après la fin des courses. Hobson est parfois envahissant et a un peu trop tendance à me traiter comme un enfant. Mais je ne pourrais pas me passer de lui, conclut-il avec simplicité.

— Je comprends cela. Il n'a pas son pareil pour veiller sur vous.

— A mon avis, vous l'avez égalé durant ce séjour, objecta-t-il en la regardant dans les yeux.

Aldora se sentit étrangement troublée et le bruit de l'ancre que l'on jetait à l'eau lui apporta une diversion providentielle. Le yacht resterait dans cette petite crique, pour la nuit.

— Je suppose qu'il faut que j'aille au lit, déclara le duc. Demain sera une longue journée. J'espère que vous comprendrez que je vous dise au revoir maintenant plutôt que demain matin.

— Bien sûr, répondit-elle rapidement.

— Hobson s'assurera que vous ne manquez de rien. Et vous pouvez faire confiance à Hamish : il veillera sur vous jusqu'à ce que vous soyez rentrée chez vous.

— Merci.

Le duc sourit.

— Vous serez bien sûr armés tous deux, mais on dit que la foudre ne frappe jamais deux fois au même endroit. D'ailleurs, je ne peux pas croire qu'il y ait autant de brigands, tapis dans les bois, prêts à vous attaquer !

— J'espère que non !

— Je vous souhaite donc un excellent voyage, dit-il en se levant avec précaution et en lui tendant la main. Je doute que nous ayons l'occasion de nous revoir en tête à tête, ajouta-t-il, une pointe de regret dans la voix.

— Vous reverrai-je... un jour ? ne put s'empêcher de demander Aldora.

— Nous nous rencontrerons certainement à Londres, au cours d'une réception ou d'un bal. Mais votre mère doit m'en vouloir. Je doute qu'elle m'invite à nouveau chez elle.

Aldora, trop troublée, ne sut que dire.

— J'espère que tout cela n'aura pas de répercussions fâcheuses pour vous, poursuivit-il. Et j'ose imaginer que vous garderez un bon souvenir de moi, malgré tout. Au revoir, Aldora. Et merci pour tout. Je ne vous oublierai jamais, conclut-il dans un murmure.

Elle leva la tête vers lui et ils se regardèrent longuement. Puis elle ne put plus soutenir l'éclat de ses yeux et baissa la tête.

Il s'approcha alors encore plus près d'elle et, l'attirant à lui, déposa un baiser sur sa joue. Aldora ouvrit la bouche pour protester, mais le duc glissa sa main le long de son dos, lui enserra la taille et posa ses lèvres sur les siennes.

Il s'empara de sa bouche en un baiser lent et profond qui troubla Aldora et fit tomber toutes ses défenses. Elle se laissa donc porter par les sensations qui l'envahissaient. Des sensations bien différentes de tout ce qu'elle avait connu jusqu'alors.

Jamais elle n'aurait imaginé qu'un baiser puisse être aussi délicieux, aussi envoûtant. Et, avant qu'elle puisse commencer à comprendre ce qui lui arrivait, le duc abandonna ses lèvres et s'écarta d'elle.

— Au revoir, Aldora, dit-il encore. Prenez soin de vous.

Il s'éloigna d'elle lentement et disparut bientôt. Aldora ressentit soudain un froid intense, comme si à présent tout était dévasté autour d'elle, inutile. Oui. Si inconcevable que cela pût paraître, Aldora venait de se rendre compte qu'elle aimait le duc, intensément, passionnément. Comme jamais elle n'aurait cru pouvoir aimer...

7

En quittant le yacht, le duc pensait à tous les événements extraordinaires survenus depuis son arrivée au château de Berkhampton.

Il était parti si précipitamment à la recherche d'Aldora qu'il n'avait plus pensé un seul instant à Fenella Newbury.

Il aurait sans doute dû, par politesse, lui écrire et lui dire qu'il avait été désolé de la voir partir si vite. Puis il pensa qu'il avait bien fait de ne pas laisser de trace écrite de leur relation. Et, de toute façon, il n'avait aucune envie d'écrire des *billets doux* à Fenella. Elle était un chapitre clos dans sa vie, comme tant d'autres femmes l'avaient été avant elle. Maintenant, son esprit était plutôt préoccupé par la marquise. Il espérait qu'elle ne se montrerait pas trop curieuse au sujet de ses blessures, ni de l'endroit où il avait séjourné durant ces quatre jours.

En tout cas, le phaéton était là, ce qui signifiait qu'Aldora et Hamish étaient arrivés à bon port, sains et saufs. Il se demanda comment Aldora s'en était sortie avec sa mère. Avait-elle su se faire pardonner pour cette fugue ridicule ? Car il avait été ridicule de sa part de s'enfuir ainsi, sans mesurer l'ampleur des dangers qu'elle courait.

Le duc était certain d'une chose au moins : pour Aldora, cette aventure avait servi de leçon. Elle avait compris sa propre inconscience et, à l'avenir, agirait de manière plus raisonnable.

Pas trop, espéra-t-il en son for intérieur. Car il devait bien admettre que le charme d'Aldora venait en grande partie de son innocence et de sa spontanéité. Son intrépidité, aussi, la rendait différente. Il espérait qu'elle ne perdrait jamais la confiance qu'elle avait en elle-même et qu'elle garderait le plus longtemps possible son côté « petite sauvageonne » qu'il avait tant apprécié.

En effet, il avait remarqué que, contrairement à la plupart des femmes, Aldora restait naturelle en toutes circonstances. Peu attachée à son apparence, elle ne se maquillait pas, se souciait peu de ses vêtements et préférait qu'on l'apprécie pour son intelligence plutôt que pour sa beauté. Et malgré cela, ou peut-être à cause de cela, elle était très belle. D'une beauté cachée, que l'on découvrait peu à peu et qui, lorsqu'elle apparaissait, laissait un souvenir inoubliable.

Aldora n'avait aucunement conscience de son charme, et cela émouvait le duc par-dessus tout. C'est pourquoi elle avait pu se montrer si franche, si directe avec lui. Pas une fois, elle n'avait tenté d'user de ses atouts féminins pour le troubler.

Pourtant, elle en avait eu maintes fois l'occasion, surtout lors de ses nombreuses heures de veille à son chevet. Un sourire s'esquissa sur les lèvres du duc. Il se souvenait du jour où elle s'était penchée sur lui pour lui masser le front et où il avait vu, à travers son déshabillé diaphane et sa chemise de nuit presque transparente, à quel point elle était déjà femme. Avec ses cheveux blonds qui lui descendaient presque jusqu'à la taille, elle était ravissante.

Le duc arriva bientôt en vue du château de Berkhampton et se demanda s'il aurait l'occasion de revoir Aldora. Il l'espérait. Mais, tandis qu'il franchissait l'immense portail, il se dit que, pour l'instant, il devait se préparer à l'accueil de la marquise.

Il avait appris par les journaux du matin que son cheval avait gagné la Goodwood Cup. Deux autres de ses chevaux étaient aussi sortis facilement vainqueurs de la dernière journée de courses. On avait donc dû d'autant plus remarquer son absence et la marquise avait dû se trouver dans l'embarras. Elle devait lui en vouloir, à présent.

Il était aussi temps de penser à ce qu'il dirait au sujet de son bras.

Il réfléchit un moment, puis décida qu'il s'était heurté à une branche basse dans la forêt, en plein galop. C'était une explication fort plausible, car ce genre d'accident arrivait souvent aux cavaliers et pouvait occasionner des blessures assez sérieuses.

L'attelage longeait maintenant l'allée menant au château et le duc se rendit compte que le palefrenier ralentissait les chevaux. Il regarda vers l'avant et aperçut une silhouette au milieu du chemin. Il la reconnut aussitôt : Aldora était là, comme au premier jour de leur rencontre. Mais cette fois, elle n'avait pas placé de branchages pour obstruer le chemin.

Dès que l'attelage s'arrêta, elle courut vers le duc et dit à voix basse :

— Il faut que je vous parle avant que vous ne voyiez Maman.

— Très bien.

Il descendit du phaéton et se tourna vers son palefrenier.

— Allez m'attendre à l'ombre, ordonna-t-il.

— Très bien, Votre Grâce.

Le palefrenier tourna vers la droite et se gara à l'ombre d'un chêne. Aldora et le duc firent quelques pas et se trouvèrent bientôt à proximité d'un petit bois de bouleaux.

— Venez, dit le duc, l'entraînant à l'intérieur du bosquet. Il vaut mieux se montrer prudent.

Ils s'avancèrent et découvrirent au-delà du bosquet une petite clairière.

Le duc resta silencieux, regardant Aldora et attendant qu'elle parle.

Il remarqua qu'elle était habillée plus élégamment que d'habitude. Elle portait une très belle robe et ses cheveux, noués d'ordinaire en un simple chignon, étaient coiffés d'une manière plus sophistiquée.

Elle était vraiment très jolie, pensa-t-il. Mais il remarqua aussi son regard craintif, et voyant qu'elle ne se décidait pas à parler, il demanda :

— Que s'est-il passé ? Avez-vous eu des ennuis ?

— Non, répondit-elle. Maman était en colère parce que je me suis enfuie, mais elle croit que j'étais chez une vieille gouvernante qui habite non loin de Chichester.

Elle se tut à nouveau. Le duc se rendit compte qu'elle serrait les poings très fort, au point que ses articulations étaient toutes blanches.

— Qu'y a-t-il ? insista-t-il.

Elle détourna le regard.

— J'ai quelque chose à vous dire.

— C'est ce que j'ai cru comprendre. Je vous écoute.

— Vous souvenez-vous... de ce que vous m'avez dit sur les défis que l'être humain se devait de relever...

— Je me souviens très bien de cette conversation, confirma le duc.

Aldora retint son souffle.

— Je sais, poursuivit-elle d'une voix à peine perceptible, que ce serait un grand défi pour vous... d'être nommé vice-roi des Indes.

Elle se tut comme si elle attendait qu'il dise quelque chose mais, voyant qu'il se taisait, elle continua d'une voix hésitante :

— J'ai pensé que... puisque vous êtes si habile... et parce que je crois que l'on a vraiment besoin de vous aux Indes... si vous le voulez... si vous voulez toujours de moi... j'accepterai de venir avec vous.

Lorsqu'elle se tut, tout devint très calme, comme si même les oiseaux avaient cessé de chanter pour attendre la réponse du duc. Aldora eut l'impression qu'une éternité s'écoulait dans ce silence pesant.

— Vous me surprenez, Aldora, dit-il enfin. Êtes-vous sûre de votre décision ?

— Oui, répondit-elle fermement. Je sais que vous êtes le seul capable de réparer le mal que Lord Northbrook a fait en Afghanistan.

— Et vous pensez que mon devoir est plus important que vos sentiments ?

— J'aimerais... aller aux Indes.

— Même si cela implique d'y aller avec moi ?

Elle ne répondit pas et, après quelques instants, le duc reprit :

— Je crois que vous avez oublié quelque chose de primordial, Aldora.

Elle lui jeta un rapide coup d'œil puis détourna son regard à nouveau.

— Quoi ?

— Ce que vous a toujours conseillé votre père : de vous marier par amour uniquement.

Le duc avait parlé lentement, posément, tout en observant la réaction d'Aldora. Celle-ci avait rougi et le duc la trouva encore plus charmante ainsi.

Comme elle se taisait toujours, il poursuivit :

— A présent que je vous connais si bien, Aldora, je suis convaincu que votre père avait raison. Ce ne serait pas seulement une erreur, ce serait un crime si vous épousiez un homme à moins de l'aimer.

Elle gardait encore les yeux baissés et semblait trembler comme un petit animal pris au piège. Elle aurait voulu s'enfuir, mais en était incapable.

Elle sentit que le duc s'était rapproché d'elle.

— Vous m'avez dit que vous ne me détestiez plus, Aldora, mais j'aimerais savoir exactement ce que vous éprouvez maintenant, lui demanda-t-il doucement.

Il la vit frissonner à ces mots puis battre des paupières. Enfin, elle répondit d'une voix étranglée :

— Je... ne peux pas... vous le dire...

— Nous pourrions peut-être faciliter un peu les choses.

Tout en parlant, il l'avait enlacée et attirée contre lui. Elle ne lui résista pas. Puis, comme mue par une force incontrôlable, elle leva la tête vers lui. Leurs regards se croisèrent. Ils restèrent longtemps ainsi, sans rien dire, partageant la même émotion.

Puis lentement, très lentement, comme s'il savourait cet instant et voulait en imprégner sa mémoire, le duc posa ses lèvres sur les siennes. Elles étaient douces et fraîches. L'innocence de la bouche d'Aldora éveillait en lui des sensations inconnues jusqu'alors. Il sentait Aldora vibrer à son contact comme jamais aucune femme ne l'avait fait. Il savait être le premier homme à la toucher et cela décuplait son plaisir. Pour la première fois, Aldora réagissait en femme, et c'était avec lui... Aldora s'abandonnait à lui, perdue dans un monde étrange qui la désorientait et la ravissait tout à la fois.

Le duc avait déjà imaginé qu'il l'éveillerait un jour à l'amour et que ce serait peut-être pour lui le plus beau moment de sa vie. Durant leur séjour sur le yacht, il avait été intéressé et ravi par elle. Il adorait ses fossettes et les petites paillettes d'or qui éclairaient ses yeux lorsqu'elle riait. Elle s'était ouverte à lui comme une fleur s'ouvre au soleil.

Mais il savait qu'il aurait à lutter pour la conquérir et surtout ne pas l'effaroucher. Un geste, une parole maladroite pouvaient la faire fuir... à jamais.

Pour la première fois de sa vie, le duc avait dû se montrer patient envers une femme, user de toute la subtilité de son intelligence pour conquérir son cœur. Mais il avait accepté ces contraintes, y trouvant même beaucoup de plaisir. Et il y avait une bonne raison à cela : il aimait Aldora, il le savait maintenant.

Et, tandis qu'il l'embrassait pour la deuxième fois, il comprit que cet amour était inéluctable. Aldora et lui étaient à présent liés, d'un lien qui ne ferait que s'approfondir et augmenter au cours des années à venir.

Son baiser se fit plus fougueux, ses lèvres devinrent insistantes, exigeantes et Aldora poussa un petit gémissement mêlé de crainte et de plaisir. Il la sentait fléchir entre ses bras, comme dépourvue de volonté, et resserra encore son étreinte. Il aurait voulu l'enfouir dans ses bras, faire que leurs deux corps n'en fassent plus qu'un, sentir contre lui chaque parcelle de sa peau si douce, si chaude...

Oui. Aldora lui appartiendrait, à lui et à lui seul, se promit-il tout en s'écartant légèrement d'elle pour la regarder.

Aldora poussa un soupir et cacha son visage dans son cou.

Le duc sourit devant cette timidité si touchante.

— A présent, me direz-vous ce que vous ressentez pour moi ? demanda-t-il de sa voix profonde.

— Je... vous aime, murmura Aldora. Je vous aime... mais vous ne voulez peut-être pas... de mon amour ?

Il la serra très fort contre lui.

— Je n'ai jamais rien autant désiré, souffla-t-il.

Aldora leva la tête vers lui, les yeux grands ouverts, le regard interrogateur, comme si elle doutait de ce qu'elle venait d'entendre.

— Je vous aime, ma douce, ma belle Aldora, avoua-t-il enfin. J'ai eu si peur de vous perdre. Vous me haïssiez tellement...

— Comment ai-je pu être assez stupide pour vous haïr ? Je vous aime... et je n'aurais jamais cru que vous pourriez m'aimer aussi.

Pour toute réponse, il s'empara à nouveau de ses lèvres et l'embrassa longuement, passionnément, jusqu'à en perdre le souffle.

Puis il plongea son regard dans le sien.

— Je n'ai jamais rien ressenti de pareil, murmura-t-il. Je suis comme envoûté, ensorcelé. Que m'avez-vous donc fait, petite Aldora ?

Il caressa tendrement ses cheveux et poursuivit, un sourire malicieux aux lèvres :

— Peut-être nous sommes-nous appartenus dans une vie antérieure. Peut-être nous cherchions-nous depuis très très longtemps.

— Vous... le croyez vraiment ?

Elle vit le sourire sur ses lèvres et se blottit encore un peu plus contre lui.

— Je sais que c'est vrai, dit-elle. Et j'ai honte de ne pas vous avoir reconnu quand... je vous ai vu pour la première fois. J'aurais dû comprendre que vous étiez l'homme que j'attendais depuis toujours.

— Moi non plus, je ne vous ai pas reconnue,

déclara le duc en riant. Mais j'ai une excuse : vous faisiez une horrible grimace !

Aldora cacha son visage contre lui et il l'entendit murmurer :

— Comment pouvez-vous m'aimer... alors que je me suis si mal conduite avec vous... et qu'à cause de ma bêtise vous auriez pu vous faire tuer ?

— Mais vous m'avez sauvé, lui rappela-t-il. Maintenant, vous êtes responsable de moi. Et vous ne pouvez pas me laisser affronter seul tous les dangers qui m'attendent aux Indes. Vous devez continuer à veiller sur moi.

Aldora respira profondément.

— Êtes-vous tout à fait certain... de vouloir de moi ? Imaginez que, parce que je vous aime tant... je vous ennuie... comme toutes ces autres femmes l'ont fait ?

Le duc comprit sa crainte et dit doucement :

— Regardez-moi, Aldora. Et écoutez-moi.

Elle leva les yeux vers lui. Ils étaient vibrants d'amour, mais une ombre d'inquiétude voilait son regard.

— Il y a eu un grand nombre de femmes dans ma vie, vous le savez, commença-t-il. Je les ai bien sûr désirées...

Aldora eut un mouvement de recul, mais il l'empêcha de s'éloigner, la tenant fermement dans ses bras. Puis il poursuivit :

— Mais je vous trouve bien plus belle et bien plus captivante que toute autre femme. Vous possédez quelque chose de différent, quelque chose qui m'est nécessaire.

— Quoi ? demanda-t-elle.

— Votre intuition, qui vous rend si proche de moi. Nous n'avons pas besoin de parler pour nous comprendre. Et cela, c'est irremplaçable. Mais il y a encore une chose bien plus importante...

— Quelle chose ?

— Il est difficile de trouver le mot juste pour la décrire. Je suppose que c'est ce que les chrétiens appellent l'âme et les bouddhistes l'esprit de vie...

Il vit, à l'étincelle qui brillait dans le regard d'Aldora, qu'elle comprenait ce qu'il cherchait à exprimer.

— Dans ce domaine, comme dans tous les autres, poursuivit-il, nous nous complétons. Nous sommes une seule personne, ma chérie, et même la cérémonie du mariage ne signifie rien en comparaison de cette vérité.

Aldora le regardait, fascinée.

— Comment est-ce possible ? s'étonna-t-elle. Vous venez d'exprimer ce que je pense au plus profond de moi. J'ai l'impression de rêver.

Elle se blottit tout contre lui.

— Oh, je vous en prie, murmura-t-elle. Aimez-moi... Prenez-moi... Ne me quittez jamais.

— Je vous le promets, mon amour.

Il l'embrassa à nouveau longuement, comme pour sceller le serment qu'il venait de faire.

La « suite des mariés », sur le plus grand et le plus moderne des paquebots de la Cie P & O, était remplie de fleurs.

Hobson se mit à enlever les corbeilles de fruits exotiques que les stewards avaient placées sur les tables et les chaises, et les sortit dans le couloir.

— Ils n'arriveront pas à tout manger avant d'avoir atteint leurs noces d'or, marmonna-t-il.

Aldora rit en l'entendant et pensa qu'elle devrait répéter cela au duc : cela l'amuserait certainement.

Elle alla dans la chambre et enleva le léger manteau de voyage qu'elle portait sur une très jolie robe de soie d'un bleu très pâle. Elle ôta aussi son chapeau, bordé de petites plumes d'autruche, et le posa sur le dossier d'une chaise. Hobson se chargerait ensuite de tout ranger et de déballer les malles qui encombraient encore le milieu de la chambre.

Se ralliant à la suggestion du duc, Aldora n'avait pas emmené avec elle de femme de chambre anglaise. Une fois aux Indes, elle trouverait ce qu'il lui fallait, lui avait-il assuré.

— Les serviteurs anglais sont toujours encombrants dans les pays étrangers, avait-il affirmé. A l'exception, bien sûr, d'Hobson. Je n'aurais pas pu me passer de lui.

— Bien entendu ! Il m'avait manqué à moi aussi.

Son enthousiasme avait éveillé la curiosité du duc, et elle avait expliqué :

— Hobson m'a permis de comprendre beaucoup de choses. En particulier, à quel point j'étais stupide... en ce qui concernait Lady Lawson.

Elle avait baissé les yeux, gênée par son propre aveu. Mais elle avait tenu à ce qu'il sache qu'elle ne le condamnait plus.

Le duc l'avait enlacée tendrement.

— S'il y a eu d'autres femmes dans ma vie, je ne m'en souviens plus, avait-il déclaré. Et je ne veux plus que vous y pensiez.

Elle n'avait rien dit et il avait poursuivi :

— Je vous aime, Aldora. Je vous aime un peu plus à chaque seconde que nous passons ensemble, à chaque fois que je pense à vous et à chaque fois que je vous touche.

Le ton passionné de sa voix l'avait fait frémir.

— Pourquoi faut-il attendre si longtemps avant de nous marier ? Je trouve cela intolérable.

Aldora avait ri d'un air joyeux.

— Cela ne fait que trois semaines ! Je crois qu'aucune duchesse ou vice-reine n'a été entraînée aussi vite devant l'autel.

— Cela me paraît des siècles, avait grogné le duc. Je veux être seul avec vous. Je vous vois si peu que nous pourrions aussi bien vivre sur des planètes séparées.

— Je sais. Mais Maman insiste pour que tout soit fait dans les règles.

— Je me contenterai donc de vous imaginer, vous penchant sur moi pour me masser le front et vêtue de cette chemise de nuit si fine... avait-il murmuré. Il a fallu que je fasse appel à toute ma force de volonté pour m'empêcher de vous embrasser.

— Et moi qui croyais que vous aviez mal ! l'avait-elle taquiné.

— Je souffrais d'un mal que j'espère ne plus jamais avoir à endurer : ne pas pouvoir vous prendre dans mes bras et vous dire que je suis follement amoureux de vous.

— Je pensais vous être indifférente, avait-elle noté.

— La seule manière de vous conquérir était de jouer l'indifférence. Mais j'ai bien cru que ce plan-là ne fonctionnerait pas !

Aldora avait éclaté de rire.

— Je crois que vos plans marcheront toujours, du moins avec moi. Je suis prête à vous croire capable de décrocher les étoiles pour me les offrir.

— C'est ce que je ferai lorsque vous serez entièrement à moi...

Comme il lui avait été doux d'entendre cela, se rappelait Aldora.

Perdue dans ses rêveries, elle n'entendit pas le duc entrer dans la chambre. Mais, instinctivement, elle sentit bientôt sa présence et se retourna aussitôt. Leurs regards se croisèrent, emplis de passion. Elle courut vers lui pour se blottir dans ses bras.

— Est-ce vraiment possible que nous soyons enfin mariés et enfin seuls tous les deux ?

— J'attends ce moment depuis si longtemps, murmura Aldora.

Lorsqu'ils s'étaient agenouillés à l'église St. George de Hanover Square, pour recevoir la bénédiction de Dieu, elle avait su qu'ils seraient désormais unis à jamais, que même la mort ne pourrait les séparer.

Et elle avait aussi désiré de toute son âme que le duc la fasse sienne et que chacune de leurs nuits soit éclairée par leur soif de s'aimer.

A présent qu'il la tenait tout contre lui, son rêve devenait réalité. Un rêve qui durerait toujours...

Il la regarda et son visage était imprégné de tant d'amour qu'elle en frissonna.

— Je veux que notre lune de miel soit inoubliable, mon amour, murmura-t-il.

Il déposa un léger baiser sur ses lèvres.

Aldora ferma les yeux et entendit, comme s'il venait de très loin, le bruit du moteur se mettant en marche. Le paquebot prenait la mer.

Les autres bateaux saluaient leur départ à coups de sirènes et des acclamations s'élevaient du quai, mais Aldora ne les écoutait plus.

— Nos affaires attendront jusqu'à demain, poursuivit le duc. Hobson préparera juste ce qu'il nous faut pour la nuit pendant que nous prendrons un verre au salon, puis nous pourrons aller nous coucher.

— C'est... parfait, dit Aldora.

La journée avait été longue et elle n'avait pas beaucoup dormi la nuit précédente. Mais elle ne se sentait pas fatiguée. Et elle savait que le duc, même s'il voulait se retirer tôt, ne songeait pas non plus à dormir.

A cette idée, elle s'empourpra légèrement. Le duc lui sourit et l'embrassa tendrement avant de la conduire jusqu'au salon. Des toasts au foie gras et du champagne les y attendaient.

Aldora repensa à la cérémonie de leur mariage. Cela avait été fabuleux. Les plus grands noms de la haute société avaient été présents. Le Prince de Galles lui-même était venu, comme invité d'honneur.

Aldora se rendait compte qu'elle venait d'épouser un homme très important. Serait-elle à la hauteur de cette tâche ? se demanda-t-elle, doutant soudain d'elle-même. Elle ne put s'empêcher de confier ses doutes au duc.

— Ne vous inquiétez pas, mon amour, la rassura-t-il. Je tiens à ce que notre union soit parfaite et elle le sera, en tous domaines. Vous savez bien que j'obtiens toujours ce que je veux.

— Vous êtes très sûr de vous, en effet, répondit-elle d'un ton gentiment moqueur. Peut-être un peu trop.

— Je pourrais en prédire autant pour vous, rétorqua-t-il du tac au tac. Peut-être allez-vous devenir une jeune femme très gâtée et très exigeante, s'attendant à ce que le monde entier tourne autour d'elle.

— Vous êtes injuste, se plaignit Aldora. Vous savez bien que mon seul désir est de vous rendre heureux et... de vous satisfaire.

— Vous me rendez heureux, Aldora. Et ce mot est faible pour exprimer ce que je ressens.

— Je vous aime, murmura-t-elle. Mais j'ai si peur. Je vous mets en colère parfois.

Le duc sourit.

— C'est peut-être ce que j'aime le plus en vous : votre force de caractère. Nous nous disputerons certainement...

— Oh, non ! l'interrompit Aldora.

— Mais, ce ne seront que des orages passagers, la rassura-t-il en prenant tendrement sa main.

— En êtes-vous certain ?

— Absolument.

D'un geste impulsif, elle mit ses bras autour de son cou.

— Montrez-moi comment vous satisfaire... Je suis... si ignorante en amour.

— Je vous apprendrai tous les secrets de l'amour, lui promit-il avant de la prendre dans ses bras pour l'embrasser.

Aldora se glissa avec un soupir de plaisir dans le grand lit aux draps de soie. Ses cheveux d'or défaits formaient comme un halo de lumière irréelle autour de son visage aux lignes pures.

Et quand le duc la rejoignit, il s'arrêta quelques instants au seuil de la porte, fasciné par son étrange beauté.

Puis il referma la porte derrière lui et s'avança vers Aldora. Il s'assit au bord du lit et prit sa main dans la sienne.

— Je vous aime, ma chérie, dit-il de sa voix profonde. J'ai l'impression d'avoir livré des millions de batailles pour vous atteindre, pour qu'enfin vous soyez à moi.

— Je le suis, dit-elle avec douceur.

Le duc la regarda dans les yeux un long moment.

Puis il lui baisa les deux mains, l'une après l'autre, et enfin il se glissa dans le lit à côté d'elle.

Il l'enlaça et la sentit frissonner, non de peur mais de la même excitation qui l'envahissait lui aussi. Les sensations qu'elle éveillait en lui étaient si merveilleuses, si extraordinaires qu'elles semblaient atteindre la perfection.

Il l'attira encore plus près de lui.

— Je vous adore, ma chérie, et, parce que j'ai tant de choses à vous apprendre, vous devez m'aider à être très doux et à ne pas vous effrayer.

— Je n'ai pas peur... je n'aurai jamais peur avec vous. Je sais maintenant que l'amour écarte la peur, la haine... et le mal.

Elle était si proche de lui à présent, qu'il pouvait sentir battre son cœur. Il ne put résister plus longtemps à l'envie de l'aimer.

Il s'empara de ses lèvres avec une fougue, une passion qui semblaient ne pas avoir de limites. Aldora s'abandonna à cette puissante étreinte, perdue dans le monde magique qu'il lui faisait découvrir.

— Dites-moi encore que vous m'aimez, murmura-t-elle, le souffle court.

Lentement, il reprit ses lèvres, puis fit pleuvoir une pluie de baisers sur son front, ses paupières, son cou...

— Je vous aime, je vous aime, je vous aime...

Impression Brodard et Taupin
à La Flèche (Sarthe) le 25 septembre 1989
6277B-5 Dépôt légal septembre 1989
ISBN 2-277-22665-3
Imprimé en France
Editions J'ai lu
27, rue Cassette, 75006 Paris
diffusion France et étranger : Flammarion